目次

薄幸の令嬢ですが、美貌の天才外科医に政略婚でひたひたに寵愛されています

薄幸の令嬢ですが、美貌の天才外科医に政略婚でひたひたに寵愛されています

プロローグ

その横顔は、憂いに満ちていた。
漆黒の髪と知的な眼差し。
まだ明けはじめたばかりの空に白く浮かんだ月と、彼の後姿が美しく重なる。

——何て綺麗な人なんだろう。

目に見えない力に引き寄せられ、彼から目が離せない。
息を詰め、思わずハウスキーピングの制服の胸の辺りをギュッと握りしめる。
唐突に私を襲ったのは、不思議な感覚だった。
甘美で、それでいて残酷な禁断の果実を口にしたような。
無防備な心に後戻りできない慟哭《どうこく》を刻み付けられ、私は時を忘れたように立ち竦《すく》む。
すると次の瞬間、彼がふっと振り返った。
何かに導かれるように、ふたつの視線が絡み合う。

それが私と旦那様の、最初の出会いだ。
――そんなこと、きっと旦那様は忘れてしまっているだろうけれど。

縁談は突然に

まぶたの裏に、うっすらと乳白色の光が灯《とも》る。

ふ、と息を吐《は》いてゆっくり目を開けると、見慣れた自分の部屋が視界に映った。

枕元の時計は午前六時半を指している。

いつもより一時間も遅くなってしまったことに気づき、慌《あわ》てて身支度を整えて階下へ急いだ。

（寝坊しちゃった。急がなきゃ）

階段を下り古い建物特有の入り組んだ廊下を進んで厨房に入ると、小柄な後姿が気配に気づいて振り返る。

柔和な和江《かずえ》さんの笑顔に、心にホッと温かくなった。

「花純《かすみ》お嬢様、おはようございます」

「和江さん、おはようございます」

見れば朝食の支度はほぼ終わっている。

「ごめんなさい。私、寝坊してしまって」

「いいんですよ。花純お嬢様、昨日もハウスキーピングのお仕事で遅かったんでしょう？　朝食の準備は和江の仕事なんですから、せめて夜お仕事をされる日はゆっくり休んで下さい。こうして手伝って頂けるだけで、とても助かっているんですから」

和江さんはそう言うと、温かな緑茶を入れて厨房の傍《かたわ》らにある椅子を勧めてくれる。

芳醇《ほうじゅん》な香りが漂う鮮やかな黄緑色は、それだけで健康になれる気がする。

清水焼の湯呑から緑茶をひと口すすり、私は思わずホッと息をついた。

「美味しい」

呟《つぶや》くと和江さんは嬉しそうに微笑み、自分も湯呑に口をつける。

そして深いため息と共に、痛わし気な表情を浮かべた。

「何も花純お嬢様がそこまでなさらなくとも……。本当なら奥のことは、薫子《かおるこ》さん――奥様がなさるべきですし」

「お義母さんはお父さんと再婚した時から家のことには無関心だから……。それに和江さんは私にとって家族みたいなものだから、手伝うのは当たり前です」

「ありがとうございます。亡くなったお母様もそう言って、よく和江を助けて下さいました。本当に花純お嬢様は、年を重ねるごとにお母様に似ておいでになりますね」

そう言って涙ぐむ和江さんの背中を、そっと撫でる。

母は我が南条《なんじょう》家が生業としている老舗の食器メーカー、『ＮＡＮＪＯＵ』で働く事務員だった。そこで若き日の父と知り合い、恋に落ちて結婚したと聞く。

南条家は旧華族で、もとは公家の血を引く家柄だ。それが明治の初めに洋食器を扱う事業を起こして大成功し、一時は飛ぶ鳥を落とすほどの権力と財力を誇っていた。

けれどその隆盛も時代とともになりをひそめ、今となっては内情は火の車だ。

母が生きていた頃にはそこまで切迫していなかったと記憶しているが、父が義母と再婚した頃からはまるで坂道を転げ落ちるように事業は傾いていった。

私も大学を卒業してから『ＮＡＮＪＯＵ』で事務の仕事をしているが、社内にいれば自《おの》ずとその危機感が伝わってくる。

昨日も経理部長が資金繰りで走り回っていたことを思い出し、不意にみぞおちの辺りが重くなった。

「花純お嬢様……あの、大丈夫ですか？」

顔を上げると和江さんの心配そうな顔が目に入る。

いけない、こんな顔をしていては和江さんに心配を掛ける。

慌てて口角を上げると、私は大げさな仕草で立ち上がった。

「さぁ、今日も頑張らなくちゃ。和江さん、テーブルの支度をしましょうか。もうそろそろみんな下りてくる時間だから」

私の笑顔を合図に、和江さんの顔にも笑顔が戻る。

「はい。今日も頑張りましょう、お嬢様」

それから私たちは、ダイニングの大きなテーブルに家族の朝食の準備を始めるのだった。

ダイニングに最初に姿を現したのは父だった。

家長の席に座り新聞を広げる父に緑茶を出すと、眼鏡の奥から優しい眼差しを投げかけてくれる。

けれどこんな穏やかな時間を過ごせるのは、朝のこの一瞬だけだ。

やがて義母と義妹が騒がしくおしゃべりしながらやってくると、ダイニングにはとたんに居心地の悪い空気が漂う。

「あら、今日の朝食はずいぶん地味ね」

開口一番、席に着いた義母が私に向かって不機嫌な顔を向けた。

便乗するように、義妹の玲子《れいこ》も不服そうに口を尖《とが》らせる。

「ほんとだ。こんなの、何も食べるものがないじゃない。朝は洋食がいいって、いつも言ってるのに」

今朝の朝食はすべて和江さんが作ってくれたので、純和風な献立だ。

葱と豆腐の味噌汁、鯵《あじ》の干物にほうれん草のお浸し。

小芋や花形に切った人参、高野豆腐やインゲンなどの炊き合わせは素材ごとに炊き上げたもので、味も見た目も料亭で出されるものにも引けをとらない。

亡き母がいつも褒めていた和江さんの料理の腕は玄人《くろうと》はだしだが、義母や義妹にはそれが分からないらしい。

黙って箸を進める父の横で、義母の声が一段高くなる。

「花純さん。あなた、今日は朝食の準備をしてないの？」

顎を上げ、義母が尊大な視線をこちらに向けた。

私は彼女をちらりと見やり、立ったまま軽く頭を下げる。

「ごめんなさい。今日は起きるのが遅くなってしまって」

「もう、ちゃんとしてよね！　朝から気分が悪くなっちゃうじゃない！」

私の言葉が終わらぬ間に、玲子が尖った声を上げた。

義妹といっても、彼女は義母の連れ子だから血は繋がっていない。

そのよそよそしさが、私に対する嫌悪感を倍増させるのだろうか。

そもそもこのふたつ違いの義妹とは、父が再婚した当初から馬が合わない。

母が突然の病で亡くなったのは私がまだ六歳、小学校に入ったばかりの頃だ。

嵐のように最愛の人を亡くし、残された私と父は絶望の淵に叩き落された。

ただただ呆然《ぼうぜん》とし、日々ふさぎ込む私たちを見兼ねて親戚筋から父に縁談が持ち込まれたのは、母が亡くなって二年ほど経った頃だろうか。

義母は不動産で成功した事業家の娘だったが、ある資産家に嫁いだものの婚家の商売が失敗したことが原因で結婚生活が破たんし、娘を連れて実家に帰ってきたところだったらしい。

最愛の母を失った父に再婚の気持ちはなく、当初は見合い写真に見向きもしなかったようだが、周囲の『家庭が不安定だと家業にも支障が出る。それに子供にも新しい母親が必要だ』という熱心な勧めで心が動き、また先方に私と歳の近い女の子がいたことも好都合ということで思い切って再婚を決めたそうだ。

しかし義母は父の妻にはなっても、先妻が産んだ娘の母親になる気などさらさらなかったのだろう。

無視や意地悪などでまだ子供だった私をわざと傷つける義母を、私はどうしても好きになることができなかった。

父やまだ存命だった祖母の前では優しい母親を演じるのだから、なおさら性質《たち》が悪かったが、今思えばその頃はまだましだった。

私が義母の本当の恐ろしさを思い知ったのは、祖父亡き後家を取り仕切っていた祖母が持病を悪化させて亡くなった後だ。

義母は〝しつけ〟と銘打って私を南条の娘ではなく、ただの使用人として扱うようになった。

父の目を気にして部屋こそ元のままだったが、それまで私の物だった華やかな洋服や着物、外国製の絵本などはすべて取り上げられ、義妹である玲子に与えられた。

季節ごとに開かれる社交の場へも『花純さんは身体が弱い』とありもしない話をでっち上げられて同行が許されないので、今では南条家の娘と言えば玲子のことで、私の存在を知る人はごくわずかだ。

父も自分が庇えばますます私への風当たりがきつくなることを悟り、それに事業が段々傾いていったこともあって、次第に私だけではなく義母や義妹とも関わりを持たなくなっていった。

今でも義母や義妹の外出の支度を手伝うことがあるけれど、うきうきと出かける彼女たちを見るのは辛かった。

そんな場面での父は、決して私と目を合わせないのが常だ。

華やかな世界に未練があるわけではないけれど、唯一の肉親となった父にも顧《かえり》みられないことが、今は何より寂しい。

父たちが食事を終えたタイミングでコーヒーを運ぶと、コソコソと内緒話をしていた義母と玲子が狡猾《こうかつ》な眼差しをこちらに向けた。

心底意地の悪いその笑顔に、心がひやりと冷たくなる。

義母と玲子の間からそっとコーヒーカップをテーブルに置くと、見計らったように玲子が口を開いた。

「でもほんと、お姉さんって何の役にも立たないわよね。ううん、役に立たないどころか、害ね。南条家のお荷物ってとこかしら。今日だって、貴重な朝食の時間をお姉さんのせいで台なしにされたし」

「玲子。そんな風に言うものではありませんよ。花純さんだって一生懸命なのでしょうから、せめて努力は認めてあげなくてはいけないわ」

「お母様がそんなにお優しいから、お姉さんが怠《なま》けてしまうんだわ。お姉さんだって南条の娘なんだから、もっと役に立ってもらわなくちゃ」

顎を上げた玲子の方をちらりと見やりながら、父が席を立った。

新聞を片手にダイニングを出ていく後姿を見送ってしまうと、義母がわざとらしく咳払いをしてこちらに向き合う。

「花純さん、今日はちょっとあなたに大事なお話があるの。ここに座ってちょうだい」

真向いの席に視線を投げる義母の横では、玲子がニヤニヤと意地悪な笑顔を浮かべている。

胸にどきりと、イヤな緊張が走った。

義母が私に『話がある』と切り出す折には、いつも簡単にはできないことを押し付けられる。

今年の初め、昼間の仕事に加えてハウスキーピングのアルバイトをすることになった時もそうだった。

『今、家に入れているお金では足りないから、もう少し上乗せして欲しい』と義母に言われ、アルバイトを始めたのは今から九ヶ月ほど前のことだ。

確かに『NANJOU』の経営は低空飛行だが、父は義母に十分すぎるほどの生活費を与えているはずだ。

それでも足りないというのは、義母たちの浪費がさらに増している証拠だった。

義母は『NANJOU』の経営状態などまるで気にするそぶりもなく、相変わらず分不相応に贅沢な暮らしを続けている。

それればかりか今では玲子も義母と同じように振る舞うせいで、我が家の家計は火の車だ。

父から与えられるお金は義母と義妹が遊興に使ってしまうので、二年前に大学を卒業して私が『NANJOU』で働くようになってからは、自然に食費や光熱費を私が賄《まかな》うようになった。

古いながらも天井の高い豪奢《ごうしゃ》な邸宅は、近年ブームとなっているエコ住宅とはまるで正反対の代物だ。

電気代ひとつとっても桁違いの請求額に、私のささやかなお給料はあっという間に消えてしまう。

ハウスキーピングの仕事で稼いだお金は毎月義母に渡しているが、それが何に使われているかは知らされていない。

けれどこの春大学を卒業した玲子が仕事もしないでお稽古三昧《ざんまい》の生活を送っているところを見るに、彼女のために使われていることは明らかだった。

(お義母さん、今度は何を言い出すんだろう。さすがにこれ以上お金を稼ぐのは難しいし……)

いったいどんな無理難題を言い渡されるのか。

無意識に身体が強張っていくのを感じながら、私は義母の向かい側の席にそっと腰を下ろす。

すると義母は、笑いをかみ殺すような表情を浮かべながら、鷹揚な仕草で口を開いた。

「花純さん、よく聞いてちょうだい。実はね、あなたに縁談が来ているの」

「縁談……ですか」

「ええ」

義母はそう言うと、隙のない笑みを浮かべながらテーブルの上に釣書をスッと差し出す。

「見てごらんなさい。とてもいいお話だから」

義母に促されて恐る恐る釣書に手を伸ばすと、高級な和紙の分厚い手触りが指先に触れる。

達筆な毛筆で『釣書』と書かれた表書きに、圧倒されつつ中身を検《あらた》めた。

便箋には、同じように毛筆で書かれた相手の経歴がずらりと並んでいる。

いずれも文句のつけようのないものだったが、何よりその名前に私の目は釘付けになった。

「北条《ほうじょう》……」

思わず口をつくと、待ち構えていたかのように義母が反応する。

「そう。北条遥己《はるき》さん。北条財閥の跡継ぎで、今年三十三歳におなりになるお医者様よ。二十四歳のあなたとは年齢のバランスもいいし、これ以上の縁談はないでしょう？」

義母が満面の笑顔で言い放つと、隣でにやにやしていた玲子が弾かれたように笑いだした。

「お姉さん、いいなぁ。北条財閥の御曹司だなんて、これ以上ないお相手じゃない」

わざとらしくはしゃいだ声を上げる玲子に、義母がすました顔でたしなめるように言う。

「玲子。こういうことはやっぱり歳の順でなくてはならないの。あなたには、また別のお相手を探しますよ」

「はーい。そうよね。やっぱり、お姉さんから嫁ぐのが自然の流れよね」

私など目に入らぬ様子でけらけらと笑い合う義母と玲子に辟易《へきえき》しながら、私はもう一度釣書に目を落とす。

北条遥己。

北条家の跡取りで御曹司。

北条財閥は旧華族の流れを引き、元は代々御典医を務めた医療で栄えた家柄だ。

全国で系列の総合病院を多数経営し、最近では介護施設や健康施設など手広く展開している日本有数の大企業でもある。

義母の話と釣書によると、彼はどうやらその本家の後継ぎらしい。

（どう考えても、私には分不相応な縁談だわ）

確かに我が南条家は、かつて北条家と肩を並べるほど栄えた家柄だ。

けれどそれも昔のこと。

今では日々の生活にも困るほどの没落ぶりだ。

こんな状態で北条家に嫁ぐことなど、どう考えても無理だろう。

日々の光熱費にも困る状態なのに、ましてや嫁入り支度をする余裕など、我が家には皆無だ。

（お義母さん、いったいどういうつもりなんだろう）

こんな途方もない縁談を持ち込んだ経緯を訝《いぶか》しく思いながら、私は義母と玲子に視線を向ける。

思案しながら和気あいあいとはしゃいだ顔を見せるふたりを眺めるうち、ある考えが浮かんで心がきゅっと冷たくなった。

（きっとふたりで、私のことをからかっているんだ）

頭の中でそう合点《がてん》がいき、悔しさで胸がいっぱいになる。

義母たちの意地悪はいつものことだった。

彼女たちは時々わざと無理難題を吹っかけ、動揺する私を見て笑いものにする。

何が楽しいのかはまったく分からないが、散々悩ませたり困らせたりして、最後には『ごめんなさい』と謝らせるのがお決まりのパターンだ。

でも今日は、こんな悪ふざけにつき合う時間はなかった。

好き勝手に振る舞える義母たちと違い、私は早く朝食を終えて仕事に行く準備をせねばならない。

月末が近いので、会社にはやらねばならない仕事が山積みになっているのだ。

それに……。

（せめて結婚くらいは、好きになった人としたい。お互いがお互いを思いやれるような……）

そんな思いに、胸の中に仄かな想いが灯る。

まだ恋を知らない私にだって、ささやかな憧れはある。

いつの日か心から大切にできる人に出会えたら……そして相手も自分を好きになってくれたら、真心を捧げて一生をともに過ごしたい。

神様の前で永遠の愛を誓って、愛し愛されてみたい。

誰にも秘密の、淡い望みだけれど。

（お母さんが生きている頃の、お父さんとお母さんみたいに……）

脳裏に、幸せだった遠い日の家族の姿が目に浮かぶ。

今ではすっかり水臭い関係になってしまったが、母が生きていた頃の父は優しく頼りがいのある理想の父親だった。

母に対して惜しみなく愛情を注《そそ》ぐ父の姿を、子供ながらに嬉しく羨ましく思ったものだった。

（あの頃のお父さんは、本当に素敵で理想の旦那様だった……）

母が亡くなって以来、父は別人のように変わってしまった。

誰にも、何に対しても関心を持たず無気力で、まるで、感情そのものを失くしてしまったかのように感じられる。

父がこんなに変わってしまったのは、きっと母に対する愛情が深かったからなのだろう。

もしかしたら、本当に大切なものを永遠に失ってしまったら人の心は死んでしまうのかもしれない。

優しく聡明で、たおやかに見えて芯の強い女性だった母。

今の私にとっては慕わしく憧れの存在だが、父にとっても母はきっと大切な唯一無二の存在だった。

それでも、父は試練を乗り越え新しい人生を切り拓《ひら》こうとした。

玲子を連れた義母と新しい家族を作ることに賭けたのだ。

けれど義母との生活は、母と過ごした日々とはかけ離れていた。

儘《まま》ならない家業と心通じない妻、何より南条家を継ぐ者としての重責が、父を疲弊させていったのだろう。

父の心を思うと、簡単に父を恨む気持ちにもなれなかった。

再婚相手の義母は、心よりも金銭で愛情を測《はか》る人だった。

だから父も、彼女が望む形で関係を築いている。

側にいる人がどんな人かで、良くも悪くも人は変わってしまう。

(私もいつか、自分を変えるほどの人に出会うのかな)

運命のように出会える、たったひとりの人。

例えば、亡くなった母とあの頃の父のように。

そんな人に、私も出会えるだろうか。

取り留めもなく思いを巡らせた瞬間、サッと誰かの横顔が脳裏を過《よぎ》った。

ドンっと大きく胸が高鳴り、心拍数が増えて胸の奥がきゅっと震える。

(またあの人だ。一瞬見かけただけなのに、どうして……)

不意に現れた面影に翻弄されて、私は胸の辺りでぎゅっと手を握りしめる。

それは二ヶ月ほど前、アルバイト先のホテルのスイートルームで、偶然見かけた面影だった。

ほんのわずかな時間垣間見ただけなのに、あれから幾度となく彼の姿が心に浮かんでくる。

その姿は圧倒的だった。

軽く波打つ漆黒の髪と、印象的な切れ長の瞳。

すらりと長身の、ジャケットを脱いだ後姿。

際立った容姿はさることながら、特に惹きつけられたのはその憂いに満ちた横顔だった。

理由も分からぬまま胸が締め付けられ、息をすることもできなかった。

突然振り返った彼に驚き慌てて部屋を後にしたけれど、あれ以来、ふとした瞬間にあの時感じた胸のときめきが蘇って止まらない。

夜勤の仕事を終えて帰り支度をしようとしていた早朝に、ハウスキーピングのチーフに追加で仕事を依頼された、スイートルームでの一瞬のできごと。

私とは住む世界が違う、スイートルームを簡単に月単位でリザーブできるＶＩＰのお客様だ。

(時々思い出すだけ。誰にも内緒で心の中で想うだけでなら、許される？)

そう結論付け、私は大きく息を吸う。

そして悪い冗談を終わらせるために、義母に向き合った。

「私にはもったいないお話ですが、私はまだ結婚するつもりはありません」

はっきりと意志を持った私の言葉に、けたたましいおしゃべりに興じていた義母と玲子がサッと口をつぐんだ。

玲子に至っては、あからさまに不快な表情を浮かべて、こちらを強く睨みつけている。

ふたりの剣幕に驚きながらも、私は和紙の便箋を丁寧にたたんで封筒にしまい、義母の前に差し返した
「申し訳ありませんが、お受けできません」

「何ですって？　こんな法外な縁談の何が気に入らないというの⁉」

「気に入らないわけじゃありません。でも、結婚なんてまだ考えられません。家のことも気がかりですし」

お金に無頓着な義母や玲子には分からないだろうが、今、この家の食費や光熱費は私のお給料で賄われているのだ。

私がいなくなれば、南条家の生活はすぐに立ちいかなくなってしまうだろう。

何も、義母たちのことを心配しているわけではない。父が幼少の頃から住み込みで働いてくれている和江さんには身寄りがいない。

この家が破たんすれば、和江さんだって路頭に迷ってしまう。万が一にもそんな事

になっては困る。

(早く切り上げて、会社に行く支度をしよう)

会社にはやらなければならない仕事が山積している。それに私はまだ、朝食も済ませていないのだ。

義母たちがこの家に来てから、私が朝食の席に着くのは彼女たちの食事が終わってからと決められている。

義母たちと顔を合わせるより和江さんと食事をする方が私としては断然いいのだけれど、出社時間まで忙《せわ》しないのが少し困るところだ。

早く食器の後片付けを済ませて、和江さんと一緒に朝食を摂《と》ろう。

「仕事がありますので、私はこれで失礼しますね」

軽く会釈をして席を立とうとすると、思いもよらない義母の強い視線が私を押しとどめた。

ハッとして浮かせた腰をまた椅子に下ろすと、義母はさっきまでとは打って変わって、今度は鳥肌が立つような猫なで声で私に話しかける。

「家のことは心配ないわ。この縁談が纏《まと》まれば、我が南条家もまた以前のように豊かになるんだから」

「えっ、それはどういうことですか」

訝しく思って視線を返しても、義母と玲子は何も言わずににやにやと笑うだけだ。

しばらくもったいをつけたように互いに顔を見合わせた後、義母はわざとらしい神妙な面持ちで私に視線を戻した。

「さる高名な筋からのお話でね、釣書の段階でお見合いをお断りすることはできないの。会うだけでもいいから。ね？」

「でも……お断りすることが分かっているのにお会いするのは、相手の方に失礼ではないですか」

「心配しないで。花純さんが嫌なら、私から失礼のないようにきちんとお断りするから」

いつもと違って優しい義母の声色に、何とも言えない違和感が背筋を走る。

するとその時、それまで黙っていた和江さんが、思い詰めた表情で口を開いた。

「奥様……でもその縁談は、はじめは玲子お嬢様がお受けするはずではなかったのですか」

「えっ、和江さん、それはいったいどういうことですか」

「つい先日、奥様に言われてコーヒーをお持ちした時に、玲子お嬢様とおふたりでお話しになっていたんです。天下の北条家から縁談が来たとそれはたいそうなお喜びようで、大きな声で騒いでいらっしゃいました。だから本当は、玲子お嬢様がその縁談をお受けになるはずだったと……」

おずおずと言葉を発する和江さんに、義母が鋭い視線を投げつけた。

そして素早く席を立って和江さんの側に詰め寄ると、鬼気迫る表情で拳を振り上げる。

「お黙りっ。立ち聞きしていたなんて、何て浅ましいこと」

義母のあまりの激昂《げっこう》ぶりに、和江さんの小さな身体が縮こまる。

けれど次の瞬間には意を決したように顔を上げ、振り絞るように続けた。

「も、申し訳ございません。ですが奥様、そのお話は玲子お嬢様への縁談ではなかったのですか。どうして今さら花純お嬢様に？　それに、こんなに急に……。いくら何でも不自然ではないですか」

縋るように訴える和江さんを、義母が乱暴に振り払った。

足元がふらつき、和江さんの身体が床に崩れ落ちる。

慌てて駆け寄り、私は和江さんの身体を抱き起こした。

「和江さん、大丈夫ですか」

「私は大丈夫です。でも奥様、こんな唐突に……あまりにもご無体でございます。どうか花純お嬢様のお気持ちも大事にして差し上げて下さい」

義母は涙ながらに訴える和江さんと私を冷たく見下ろすと、嘲笑《あざわら》うようにフンと鼻息を漏らした。そして次の瞬間には、鬼のような形相でこちらを睨みつける。

「使用人の分際で差し出がましいことを……。それにもう、このお見合いは決まったことなの。仮にも南条家の長女なのだから、花純さんにも家の体面は守ってもらいます。育ててもらった恩を仇《あだ》で返すような真似はしないでちょうだい」

義母はそう吐き捨てるように言うと、和江さんの傍らに立つ私を睨み付けた。

憎々しげで、不快感に満ちて。

彼女にとって私は、心の底からうっとうしく邪魔な存在なのだと、改めて思い知らされる。

「花純さん、お見合いは来週の日曜日だからそのつもりで。あなたの大切な南条家のためなのだから、逆に喜んで受け入れてちょうだい」

義母は淡々と私に告げると、つっと踵《きびす》を返す。

呆然とその場に立ち尽くす私たちに意地悪な笑みを浮かべながら、玲子も続いてダイニングを出ていくのだった。

決して断れない縁談

来客用の広い洋間に持ち込まれた姿見に、化粧や髪を整え見慣れない晴れ着を纏った姿が映る。

「花純お嬢様、帯を締めますよ」

ぎっしりと刺繍が施された袋帯を手際よく交差させながら、背後から和江さんが声を掛ける。

慌てて足を踏ん張り、ギュッと引っ張られる力に抗った。

天井から硝子戸がはめ込まれた窓からは明るい日差しが差し込み、くっきりと鮮やかな青空には、雲ひとつない。

突然の縁談を知らされてから、十日ほどが過ぎた日曜日。

今日はこれから、北条家の御曹司とのお見合いが予定されている。

和江さんは小さな手で巧みに重厚な袋帯を変わり結びに仕立て上げると、今度は私の正面に回って朱色の絞りの帯揚げを整えている。

どこか華やいだその表情に、心がホッと温かくなった。

私が身に着けているのは、亡き母が結婚式に着た紅い振袖だ。

目が覚めるような紅地には花の丸を友禅してあり、松や竹を一面に白抜きにしている。

あまり見かけない大胆で華やかな色彩には不思議な魅力があり、古びた写真に写る花嫁姿の母の姿を眺めては幼い頃から心ときめかせてきた私にとって、大切な思い出の着物だ。

帯も当時の母が締めた、金地に大きく七宝花紋を織り込んだ西陣織のもの。

着物に合わせて父が母に誂《あつら》えたものだが、長い年月を経てもなお光を放つ緻密で繊細な織り模様は、思わずため息が出るほど美しい。

「花純お嬢様、できましたよ。本当に、眩しいくらいにお似合いですね」

帯締めを整えた和江さんが、嬉しそうに私に笑いかけた。

そして姿見の真ん中へと私を誘う。

鏡に映っているのは、今まで見たことのない自分の姿だった。

腕のいい着付けで華やかな着物はぴたりと身体に沿い、優美で柔らかな曲線を描いている。

和江さんが見立ててくれた帯締めや帯揚げも着物と帯に見事に調和して、それぞれの美しさをこの上もなく際立たせていた。

今日は髪や化粧も和江さんの手によるものだ。

背中まで伸ばした黒髪は華やかに結い上げられ、耳の上には和江さん手作りの可憐なつまみ細工の髪飾りが刺されている。

きちんと化粧を施された肌に着物に負けない真っ赤な口紅を差した自分の顔はどこか頼りなく、意味もなく心細さが胸に満ちた。

言葉もなく鏡に見入る私に、和江さんが小さくため息をつきながら寄り添う。

「花純お嬢様、やっぱりお母様に似ておいでになる……。亡くなった奥様がご覧になったらどんなにお喜びになることか」

和江さんはそう言って、目尻をそっと拭う。

心の底から自分を思いやってくれる人の気持ちを感じ、私は和江さんの手をそっと握った。

「私も嬉しいです。結婚式のお母さんの姿に、ずっと憧れていたから。お母さんの着物を着せてもらって、本当にありがとうございます」

「奥様の結婚式のお仕度も和江がさせて頂いたんです。もう一度この着物を着つけることができて、和江も本当に嬉しいですよ」

義母がこの家にやってきてから、代々家に伝わる宝石や着物などはほとんど義母の手に渡ってしまった。

煌《きら》びやかで高価なものに未練はなかったけれど、母のものは自分が受け継ぎたい。

母が恋しかった幼い私は父や義母にそう訴えたけれど、与えられたものは何もなかった。

家に入ってすぐ、義母は母の身の回りのものはすべて処分してしまい、高価なものは自分のものにしてしまった。

本当に何もかも、根こそぎ奪ってしまったのだ。

母が大切にしていた大粒の真珠のネックレスを、最近は玲子が誇らしげに身に着けている。

そんな姿を見るたび、胸が切り裂かれるような気持ちになる。

だから、今日この思い出深い振袖を着られることになったことが嬉しい反面、不思議でならなかった。

年代物とはいえ、この振袖が高価な物であることは誰にでも分かる。

格上の相手との見合いだからといって、どうして義母は母の形見の振袖を着ることを許したのだろう。

思案気に鏡を見つめる私に、和江さんがそっと囁《ささや》いた。

「今回、このお着物を花純お嬢様に着るようにお勧めになったのは、旦那様なんですよ」

「えっ、お父さんが？」

「はい。奥様は渋っておられましたが、旦那様が強い口調でそうお決めになりました。もともとこの着物は亡くなった奥様のもの。母親のものを娘が受け継ぐのは当たり前のことだと言って」

和江さんはそう言うと、目を細めながら私の髪飾りの位置を整えてくれる。

（お父さん、この着物のこと、お母さんのことをまだ覚えていてくれたんだ……）

義母がこの家に来てから、私が父と関わることは目に見えて少なくなっていった。

あの頃、父が私を気に掛けるようなことを言ったりしたりすると、その後決まって義母の機嫌が悪くなり、父の見ていないところで意地悪をされるのが常だった。

時には『目つきが気に入らない』と人目につかない廊下の隅や物置に連れて行かれ、服で隠れる身体の部分を強い力でつねられることもあった。

まだ子供だった私の柔らかな肌は、無残な赤い跡となって身体のあちらこちらに残り、学校の体育の着替えに困った。

今なら理不尽な暴力に対抗する知恵もあるが、子供の私にはただ黙って我慢する他なかった。

父の助けを求めたい気持ちはあったけれど、そうすればまたさらなる仕打ちが待っている。

終わりの来ない辛い日々を続けるうちに、私は次第に父との関わりを避けるようになっていった。

父はそんな義母の仕打ちに、うすうす気づいていたのかもしれない。

自分が私に関われば、ますます義母の私に対する風当たりがきつくなる。

私と同じように父が距離を取ったのも、父なりの思いがあってのことなのだろう。

細く途切れかけていた父との絆が実体を取り戻すのを感じ、私の心に温かいものが流れてくる。

「和江さん、少し部屋に戻ってきますね」

ふと脳裏にある想いが過り、私は長い袖を揺らして部屋を後にした。

自室に戻ると、私は小さな木製の化粧台の引き出しから小さなベルベットの小箱を取り出した。

(今日はお母さんの形見の指輪をはめていこう)

はやる気持ちで蓋を開けたものの、中に入っているはずの指輪が見当たらない。

(ない。まさか……)

重苦しい気持ちが、とたんに胸に溢れてくる。

中に入っていたのは、母の形見の指輪だった。

大粒のルビーの周りにダイヤモンドがぐるりと縁どられた華やかで美しい指輪は、亡くなった母に父が贈ったエンゲージリングだ。

義母がこの家に来てから母の持ち物はすべて取り上げられてしまったが、この指輪だけは、病床に臥《ふ》せっていた母から私が直接譲り受けていた。

『お父さんから貰った大切なものだから、花純に持っていて欲しいの』と母の痩せた手から受け取った指輪は、その日から私にとって何より大切な宝物になった。

再婚後、目ざとく指輪に気づいた義母が取り上げようとしたけれど、その時ばかりは強く抵抗した。

眩《まばゆ》いばかりに幸福だった頃、母の指を飾っていたこの指輪は、私にとって家族の思い出そのものだった。

どんなことがあっても思い出だけは奪われたくない、と子供心に必死だったのだ。父も『母親から娘に贈られた物なのだから、これは花純のものだ』と、とりなしてくれ何とか私の持ち物になったのだが、義妹の玲子はその時からこの指輪に並々ならぬ執着を持つようになった。

子供の頃から今まで、勝手に部屋に入ってこの指輪を持ち出そうとしたことは数え切れない。

それでも分別のつく年頃になってからは、さすがにそんな泥棒のような真似はしないだろうと油断していた。

（まさか、また玲子が……）

イヤな予感を胸に抱き、私は階下のリビングへと急ぐ。

廊下を進んでリビングの入り口へ辿《たど》りつくと、中から玲子と義母の甲高い笑い声が聞こえてきた。

「あら……花純さん。支度ができたのね」

入り口に立つ振袖姿の私を認めると、ふたりの笑い声が止んでピリリと空気が張り詰める。

革張りのソファーに座った和服姿の義母が、私の爪先から頭のてっぺんへ値踏みするような視線を走らせている。

義母のぶしつけな眼差しから逃れ、私はつっと赤い着物を着た玲子に歩み寄った。

「玲子、私の指輪を知らない？」

その言葉に、玲子が意地悪く笑みを浮かべた。

続いて、右手をサッと後ろへ隠す。

私は思わず、玲子の手首を掴《つか》んだ。

「痛い、何するの！」

玲子はじたばたと暴れたが、現れた手の薬指には母の形見の指輪がきらりと光っている。

大切な指輪を勝手に持ち出されたことが腹立たしく、私は玲子の手を力任せに引っ張った。

「返して。私の指輪よ」

「離してよ！　ちょっと借りただけじゃない」

私の手を乱暴に振り払い、玲子は悪びれない顔で私から視線を逸らす。

「こわーい。花純お姉さんって、本当にケチね。この指輪、今日の私の着物にすっごく合うんだもの。貸してくれてもいいでしょ」

「その指輪は……誰にも貸したりできない。お母さんの大切な形見だから」

「また、出し惜しみして……。花純お姉さんって、本当に心が狭くて意地悪ね」

言いながら、玲子は義母に目配せをしている。

玲子はいつもそうだ。

自分が悪いことをしておいて、問題があるのはこちらの方だと言いがかりをつけてくる。

そのせいで、今まで何度義母から手を上げられたか知れない。

(でも、この指輪だけは……)

母の大切な指輪を、玲子なんかに勝手に使われたくない。

もしこのままなし崩しにあの人たちの手に渡ってしまったら、母との大切な思い出まで消えてしまう。……汚されてしまう。

そう思うと、居ても立ってもいられない気持ちになる。

「……返して。返してっ」

私は玲子の腕を掴み、指輪を抜き取ろうと手を伸ばした。

すると玲子も、憎々しげな表情を浮かべて私に掴みかかってくる。

思いもよらない強い力に、豪華な振袖を纏った足元がふらついた。

「離してよっ……ほんとに、しつこいったら……！」

立ち上がった玲子が大きく腕を振った。

その瞬間、がりっと音を立て、鋭い痛みが左の頬を滑る。

「あっ……」

ハッとした玲子が動きを止めた隙に、彼女の指から指輪を抜き取った。

大切な、大切な母の形見。

よかった。ちゃんと取り戻せた。

「花純お嬢様……！」

騒動を聞きつけたのか、リビングに和江さんが走り込んできた。

絨緞《じゅうたん》の上に座り込んでしまった私に膝をついて寄り添い、頬にハンカチを当ててくれる。

「花純お嬢様……。どうしてこんなことに……」

見れば和江さんの目には、うっすらと涙が浮かんでいる。

頬には切り傷特有の鋭い痛みが広がり、出血していることが窺《うかが》えた。

（玲子の爪で頬を切ってしまったんだ。どうしよう。これからお見合いなのに）

和江さんの動揺ぶりと頬の痛みから、あまり軽くない怪我であることが分かる。

玲子はいつの間に移動したのか義母の腕にしがみつき、おどおどと私たちの様子を窺っている。

義母の顔には苛立ちと驚愕の表情が張り付き、目が合うとなおも眉根を寄せてこちらを睨みつけた。

「花純さん、こんな騒ぎを起こして、いったいどういうつもり？」

「お母さん、私、すぐ返すつもりだったの。なのにお姉さんが急に掴みかかってきて……」

「大丈夫よ、玲子ちゃん。可哀想に、こんなに怯《おび》えて……。花純さん、あなたどうしてこんな乱暴をするの？　こんな大事な日に顔に傷を作るなんて……何てことなの」

義母はそう言い放つと、つっと視線を逸らす。

「奥様、この傷では今日はお見合いは無理でございます。どうか先様にご連絡を差し上げて下さい」

私の頬を押さえながら、和江さんが悲痛な面持ちを浮かべた。

しかし義母は焦った表情で、まくしたてるように声を上げる。

「無理よ。変更なんてできないわ。今日、形式だけの顔合わせを済ませたら、もう式まであまり日がないの。今日は必ず花純さんを先方に見て頂かなくてはならないのよ」

当たり前のように放たれた義母の言葉に呆気にとられた後、身体からざっと血の気が引いていく。

(今、式まであまり日がないって言った？　それって、もう結婚は決まっているってこと……？)

混乱する心を抑えつつ、私は義母に視線を向ける。

「お義母さん、それはいったいどういうことですか？　私は結婚するつもりはないと言ったはずです。南条家の体面を守るためにお会いするだけだと、後でお義母さんから断って下さると言っていたではありませんか」

「花純さん、我がまま言わないでちょうだい。我が家の事業が傾いているのはあなたもよく知っているでしょう？　姻戚関係を結べば、北条家は婚家である南条家に援助は惜しまないと言って下さっているの。あなたの釣書をお渡ししたら、それはそれはたいそう気に入って下さってね。形式だけの顔合わせをしたら、すぐに結婚を進めたいそうよ」

義母の口から吐き出される話に、私は言葉を失う。

もうすでに、この結婚は決まったことだというのか。

私の……本人の気持ちも聞かないままに。

(そんなこと……絶対に嫌だ)

込み上げた怒りに思わず手を握りしめると、義母の背後で成り行きを見守っていた玲子が、面白がるように言った。

「うちの会社も助かるし、北条家もようやく花嫁が決まってよかったわよね。悪名高い北条の御曹司の相手が誰なのか、きっと社交界でももちきりの話題になるわね」

もったいぶった言い回しをする玲子の様子に、イヤな予感が胸を過る。

「玲子……それはどういうこと?」

「どういうことって……花純お姉さん、本当に何も知らないのね」

玲子は心の底からおかしそうに笑うと、まだ座り込んだままの私に、ゆっくりと歩み寄る。

そしてさっき私の頬を傷つけた人工的な爪をひらひらさせながらソファーの背に凭《もた》れると、意地の悪い顔で私を見下ろした。

「社交界じゃもっぱらの噂なの。北条家の御曹司は呪われてる。縁談が次々に破談になるってね」

「破談……」

「さすがは天下の北条家、一度は縁談が進むんだけど、あまり日が経たないうちにお相手のお嬢さんたちが泣いて逃げ出してしまうんですって。中務《なかつかさ》家の上のお嬢様でしょ。それに常盤《ときわ》家の下のお嬢様。他にもたくさんいらっしゃるって噂よ。それもみんな没落したうちとは違う、やんごとなき家柄の方々ばかりなんですって」

玲子は肩を竦めながらそう言うと、私に向かって顔を突き出す。

「理由については、みなさんあまり多くは語りたがらないらしいわ。でも断片的な情報をかき集めて判断するに、どうも御曹司の容貌にとても問題があるらしいの。特に顔が……。性格も冷酷で、本人ばかりか使用人も鬼や妖怪のような人しかいないんですって」

玲子はそう言うと、大げさに眉を顰《ひそ》めて「こわーい」と呟く。

「破談になった方のお友達のお友達と話したんだけど、『あの顔が……私には耐えられない』って言ったっきり、その話題には二度と触れられないらしいの。きっとものすごく酷いんだわ。だからあれだけの企業の御曹司なのに、どこを探しても本人の画像が見つからないのね」

「それで……縁談を私に押し付けたの？」

思わず呟いた言葉に、玲子が狡猾な笑みを浮かべた。

その冷淡さは、義母のそれに生き写しだ。

華やかな美貌と一緒に、彼女は何もかも母親から受け継いだのだろう。

「北条家は先代の社長が急逝されて、つい最近ひとり息子である御曹司が家督を継いだそうよ。それで花嫁探しが本格化したのね。その縁談が回りまわってうちに来たってわけ。私もお母さんも、北条家の御曹司だったから最初は喜んで返事をしたけど、よくよく調べてみたら獣みたいな相手だっていうじゃない。慌てて断ろうとしたけどもう相手に伝わっていたらしくて、断れなくて。それに我が家の窮状を知って資金援助を申し出てくれたし、もう後には引けなくなっちゃって」

「それで……私を身代わりにしたのね」

「いやだ、身代わりだなんて。お姉さんは南条家の長女でしょう？　本来なら、お姉さんに来た縁談だわ」

玲子はそう言うと、白けた顔で天井を仰ぐ。

頬を押さえてくれている、和江さんの手が震えている。

和江さんが同じ気持ちでいてくれていることが伝わり、その温もりが今は心強い。

「最初は玲子がお見合いをするつもりだったんでしょう？　でも悪い噂を聞いて、私に押し付けた。……私を騙したの？　お義母さんは南条家の体裁を守るために会うだけでいいと言ったわ。嫌なら後で断ってくれると。みんな嘘だったのね」

「お黙りなさい。誰に向かって口を利《き》いているの!?」

それまで黙っていた義母が、突然ヒステリックな声を上げた。

そしてつかつかと私に近寄ると、和江さんの手から頬を押さえていたハンカチを取り上げる。

「大した傷じゃないわ。血ももうほとんど止まってる。和江、早くこの傷を化粧で隠しなさい」

「でも奥様、まだ傷がふさがっておりません。無茶なことをしたら、花純お嬢様のお顔に跡が残ってしまいます」

「ああ、うるさい。もういいわ。私が自分でやるから」

義母はそう吐き捨てると、乱暴に私の顎を掴んだ。

驚いて逃れようとすると、さらに力が込められ身体の自由が奪われる。

「離してっ」

「手を焼かせないで。大人しくなさい」

義母は和服の袂《たもと》からコンパクトを取り出すと、乱暴な仕草でパフを私の頬に押し付ける。

鼻につく強い香料の匂い。まるで傷に塩を塗り込められているような痛みが、頬に走った。

「奥様、おやめ下さい！　こんなこと、あまりに酷うございます！」

「お黙り！　私の言うことを聞かないなら、暇を出しますよ！」

縋るように止めに入った和江さんを払いのけ、義母は鬼の形相で私の頬にパフを擦りつける。

酷く屈辱的な格好で義母に拘束され、悔し涙で視界が滲《にじ》んだ。

（どうして……どうしてこんなことをされなくてはいけないんだろう）

理不尽な想いが、胸を覆う。

（誰か……誰か助けて。お母さん……）

こんな時、母が生きていてくれたらどんなにいいだろう。

思っても仕方ないことが脳裏に浮かび、消えていく。

義母はひとしきり私の傷にファンデーションを塗り込めると、ようやくぱちんと音をさせてコンパクトの蓋を閉めた。

顎を掴んでいた義母の手が緩み、解放された身体が絨緞の上に崩れ落ちる。

「花純お嬢様……っ」

駆け寄ってきた和江さんに肩を抱かれ、何とか半身を起こした。

ようやく一息ついて顔を上げると、みるみる和江さんの顔が痛々しく歪む。

「ああ、何てこと……お嬢様、痛みますか？」

「和江さん、私は大丈夫ですから」

「でも、まだ血が滲んで……」

泣きながら、和江さんが身体を擦ってくれる。そんな和江さんに、私はもう一度「大丈夫」と笑って見せる。

こんなことをされれば、私だって当たり前に悔しい。

けれど今の私には、抗う術がないのだ。

今、父は家業の運営に忙殺されている。

事実、『NANJOU』の運営はもうずいぶん前から自転車操業で、いつどうなってもおかしくない状態だ。

日々金策に駆け回る父になり代わり、今、南条家の一切は、義母の手に委《ゆだ》ねられている。

私の処遇など、彼女の気分ひとつでどうとでもなるのだ。

うなだれ肩を寄せ合う私と和江さんを見下ろしながら、義母が意地悪く顎を上げる。

「花純さんもよく分かっているでしょう？　我が家の内情は火の車。雀の涙にしかならないあなたのお給料なんかじゃ、もう焼け石に水なの。あなたが北条家に嫁がなければ、南条家はもう立ち行かないのよ。この家に生まれた運命だと思って、受け入れてちょうだい」

義母は大げさに悲しげな表情を浮かべて見せ、やれやれとでも言うように首を振った。

尤《もっと》もらしく取り繕っているけれど、はじめは玲子で進めるつもりだった縁談だ。

身勝手な義母の言い分に唇を噛みしめると、苛立ったように顔を歪めた義母の眼差しが私を射貫《いぬ》いた。

「何？　その不満げな顔は。騙したとか身代わりとか、変な言いがかりをつけるのは止めてちょうだい。誤解のないようにはっきり言っておくわ。あなたは南条家の長女なの。自分の役割を自覚して、家のために大人しく嫁ぎなさい。もしあなたが拒むなら……そうね、和江にはうちを辞めてもらいます。北条家の援助が得られなければ、南条家は間違いなく破たんする。もしそうなれば私は玲子と実家に戻ればいいから、後のことは私には関係ないお話だけれどね」

義母の言葉に、怒りとともに不安と焦りで心がいっぱいになった。

亡くなった祖父母の代から、我が家に住み込みで働いてくれている和江さんは、もう高齢だ。

早くにご主人を亡くしてお子さんもおらず、頼りになる身内もいない。

もしこの家から追い出されてしまったら、和江さんの生活はたちまち立ち行かなくなってしまうだろう。

(和江さんを辞めさせるわけにはいかない。それに……)

義母の言う通り、このまま何の手も打たなければ、そう遠くない未来に『NANJOU』は破たんする。

廉価な値段で食器が手に入るようになった昨今、緻密なデザインや美しさで食器を選ぶ人は少なくなってしまった。

『NANJOU』の洋食器は日本人特有の繊細な美しさと丈夫さを兼ね備える、世界にも誇れる唯一無二の商品だ。

私も父と同じように自社の製品にプライドを持っているけれど、刻々と変化している世の中で生き残るには、今後は新しい視点で事業を展開していかねばならないだろう。

だが資金繰りで身動きできない現在の状態では、新しい事業展開をすることは難しい。

（私が嫁ぐことで、すべてがうまくいくのなら……）

今の私にできることは、目の前に突き付けられた政略結婚を受け入れることしかないのだ。

歯を食いしばり、膝を立てて絨緞の上から立ち上がった。

背筋を伸ばしてしゃんと立つと、豪奢な刺繍が施された大ぶりの袖がさらさらと衣《きぬ》擦《ず》れの音を立てる。

身体に沿う振袖は、母が嫁いだ日に身に着けた大振袖。

脳裏に、母の優しい笑顔が浮かぶ。

深く揺るぎなく、どんな時も私と父を見守ってくれた、陽だまりのようなあの笑顔だ。

（お母さん……）

大きく息を吸い、舞うように腕を振った。

幾重にも絹が重なった袂が空を舞い、色鮮やかな色彩が私を包み込む。

大丈夫。

和江さんの着付けは着崩れることなく、美しいままだ。

この振袖を纏った私なら、きっともっと強くなれるはず。

「和江さん、お部屋へ戻ってお化粧と髪を直してもらえますか。このままでは、先方に失礼ですから」

「花純お嬢様……」

「もう時間がありません。急ぎましょう」

頼りなく私を見つめる和江さんに頷《うなず》き、リビングを後にする。

和江さんを守りたい。

南条の家を守りたい。

その望みを叶えることが、私にできるなら。

「花純さん」

背後から義母に声を掛けられ、スッと振り向いた。

母の形見の、振袖がさらりと揺れる。

「この縁談、受けてくれるわね？」

なおも高圧的な義母に負けることなく、真っ直ぐに視線を返した。

「私、北条家へ嫁ぎます」

彼女たちのためなんかじゃない。
私は私の大切なものを守るために、自分の意志で決めたのだから。
私の言葉に、ふたつの赤い唇が意地悪く口角を上げる。
向けられた悪意を強い気持ちで撥《は》ねのけながら、私は義母たちに背を向けるのだった。

お見合い相手はけだもの御曹司

北条家が指定してきた料亭は、自宅から車で三十分ほどの場所にあった。

私は父とハイヤーに乗り込み、約束通りの時間に石畳の門をくぐる。

「南条様、お待ちしておりました」

こざっぱりした付下を身に纏った女将に出迎えられ、私は同じく和服姿の父とともに彼女に続いて廊下を進む。

こういった見合いの場には、通常間に入った仲人《なこうど》が同席するものだが、北条家のたっての希望で今回は当事者のみの出席だ。

北条家に挨拶《あいさつ》をしたいと同席する予定だった義母と玲子も、今朝の一件で来るのをやめたらしい。

父には『ふたりとも体調が悪い』ということになっているようだけれど。

(でも、お義母さんと玲子が来なくてよかった……)

きっとふたりとも、醜いと評判の御曹司と私を見比べて面白おかしく貶《おとし》めるつもりだったのだろう。

けれど私も見知らぬ見合い相手も、一方的に彼女たちの理不尽な悪意に晒される謂《いわ》れはない。

(それにうちの窮状を救ってくれるなら、南条家にとっては大切な恩人だ。失礼のないようにしなきゃ……)

着慣れない振袖の裾を気にしながら歩く廊下は、古いながらも塵《ちり》一つなく磨き上げられて気持ちがいい。

建物の佇まいにも品格があり、さすがは老舗料亭を謳《うた》うだけのことはある。

しばらく廊下を行くと、不意に視界が広がった。

通路の左手から、明るい秋の日差しがふんだんに降り注いでいる。

「わぁ……」

顔を上げると、硝子戸の向こうには手入れの行き届いた優美な日本庭園が広がっている。

雅《みやび》でいて奥行きのある設《しつら》えから積み重ねられた歴史が感じられ、その美しさに思わずため息が漏れた。

柔らかな苔の緑、色づきはじめた紅葉の美しさなどに目を奪われていると、先を進んでいた女将が微笑みながらこちらを振り返る。

「お嬢様、今日は気持ちのいいお天気ですから、お食事の後にゆっくりお庭をご覧になって下さいませ」

「ありがとうございます。……本当に、とっても素敵なお庭ですね」

足を止めてしばし庭を眺めていると、フッと目が合った女将の視線がちらりと頬の辺りで止まるのを感じた。

意味ありげな眼差しに、どきりと胸が音を立てる。

(いけない。傷を隠さなきゃ)

さりげなくハンカチで頬を押さえ、私は平静を装いつつまた歩みを進める。

あれから和江さんにファンデーションとおしろいで傷口を隠してもらったものの、思いの外深い傷口は油断するとすぐにまた開いてしまう。

私はなるべく頬を動かさないよう、用心して歩く。

(とにかく、何とか無事にお見合いを終わらせよう……)

今日は北条家との初めての顔合わせ。

いきなり食事よりはお茶でも飲みながらのんびり話す方がいいだろうという先方の配慮で、今日はごく内々でのお茶会を催すのだという。

薄茶だけの席で、時間はほんの小一時間ほど。

そのくらいの時間なら、何とか顔の傷を誤魔化すこともできるだろう。

(でも……大丈夫かな)

茶会での顔合わせだと聞いたのは、家を出る直前のことだった。

慌てて和江さんが懐紙などの用意をしてくれたが、突然のことに緊張が身体に満ちていく。

(お義母さんは知っていたはずなのに。どうしてもっと早く教えてくれないんだろう)

茶道の作法に心得はあるが、最近は仕事が忙しく月謝もままならない事情から、稽古を休んでいる。

久しぶりの改まった席に、粗相をしはしないかと不安が胸に広がっていく。

「こちらのお部屋です。どうぞ」

案内された部屋は十畳ほどのこぢんまりした茶室だった。

私は父に続き、入り口で正座一礼して部屋に入る。

そして作法に従い掛け軸や道具を順に拝見し、父と並んで席に着いた。

(道具の置き場所が違う。私のお稽古しているのとは違う流派だわ)

幼い頃母に勧められて入門したのは茶道の中では代表的な流派だったが、この席は風炉や棚の配置が、私が習ったそれとは異なっている。

千利休が開いた茶の湯は、創始者がこの世を去って以来様々な流派に枝分かれしたが、その末裔たちが、細く長く茶の道を繋いできたひとつなのだろう。

(でもこのお席、何だかすごく落ち着く)

秋を思わせる設えの掛け軸や手触りのよさそうな焼物の花入れ、凛と生けられた竜胆《りんどう》の花などはどれもいたって簡素だが、それぞれが持つ温もりや安らぎが絶妙なバランスで部屋全体を包み込んでいる。

亭主のもてなしの心をそこここに感じる空間に、朝からずっと波立っていた心が凪のように静かになった。

自然に胸から小さな息が零れ、それに気づいた父の顔がこちらに向く。

「……花純。この見合い、本当によかったのか」

「えっ」

思いもよらぬ父の真剣な顔に、返事に詰まった。

この縁談は、義母と玲子の卑怯なたくらみによってもたらされたものだ。

けれど、さすがにこの場で父に打ち明けるわけにはいかない。

黙り込む私に、父はさらに言葉を続ける。

「この見合いはお前のたっての希望で進めたと薫子から聞いている。玲子に来たものを、お前がどうしてもと聞かないので譲ったのだと」

父はそう言うと、重々しいため息をつく。

「それに先日、北条家から融資の申し入れがあった。まだ見合いもしていない段階でいくら何でも唐突だと薫子を問いただしたが、あれは何も知らないと言っている。……どうも合点がいかなくてな。お前に話を聞かなくてはと思っていたが、少しトラブルがあってここ数日は会社を離れられない状態だった。話を聞いてやれなくてすまない。でも、もしも意に沿わないなら、断ってもいいんだぞ」

父はそう言うと、苦しげに眉根を寄せる。

久しぶりに間近で顔を合わせる父の顔には、深い疲労の色が浮かんでいた。

やつれた面差しに母が生きていた頃の頼もしい父の姿が重なり、切なさで胸が苦しくなる。

(お父さん、顔色がすごく悪い。それに、少し痩せた……)

連日資金繰りで奔走し家業を何とか立て直そうとしている父は、最近では家に帰ることもままならないほど仕事に忙殺されている。

玲子の縁談を奪ったなんて義母に嘘をつかれたことは悔しいけれど、こんなに弱っている父に本当のことなど言えはしない。

それに……。

(お父さん、お母さんとの約束を守ろうとしているのかな……)

今父が奔走している案件のひとつに、創業当時『NANJOU』の看板ブランドとしてヒットした『fiori《フィオーリ》』シリーズの復刻がある。

『fiori』はもうずっと以前に廃盤になってしまった洋食器のブランドだが、繊細で愛らしい小花を散らしたシリーズは人気が高く、ティーカップなどは今でもアンティーク市場で高値で取引されているほどだ。

SNSで情報が拡散されるからか、最近では往年のファンだけでなく若い人にも人気が広がっている。

けれど『fiori』シリーズ復刻には課題が多い。

繊細で優美なフォルムや彩色には手間と費用が通常より多くかかるし、大量生産ができないので、利益率も他の商品より低くなってしまう。

それに今の会社の状態では、『fiori』のために新たな設備投資をすることも不可能だ。

でも父は、この『fiori』シリーズの復刻が、事業を立て直す柱になると考えている。

最近金策で走り回っているのは、この案件のスポンサー探しも理由のひとつなのだろう。

（お母さんの好きだったあのティーカップ、本当に素敵で可愛かった）

亡くなった母は、父と知り合うずっと以前から『ｆｉｏｒｉ』のファンだったそうだ。

両親の結婚式の引き出物には、特別にその復刻版のティーカップが作られたのだと、母がいつも嬉しそうに話していたことを思い出す。

『いつかまた造るよ。今度はもっとたくさん』

『本当に？　嬉しい。約束よ！』

若き日の両親が、私を抱き上げながら交わした約束が脳裏にリフレインする。

（お父さん、もう忘れてしまったと思っていたのに）

北条家は、約束通り南条家に援助を申し出てくれたという。

この縁談がうまくいけば、きっと南条家を立て直すことができる。

母が愛した『ＮＡＮＪＯＵ』の食器や、父や和江さんを守ることができるのだ。

（相手がどんな人でも、私、絶対怯《ひる》んだりしない。必ずみんなを守ってみせるわ）

「お父さん、心配しないで。私だってもう二十四だもの。縁談が来てもおかしくないでしょう？」

「花純……すまない。お前にこんな重荷を背負わせて」

「ううん。私だって南条家の娘だもの。相手の方に気に入って頂けるよう、精一杯努力します。だからお父さんは、安心してお仕事頑張って下さい」

精一杯の笑顔を父に向けるとそのタイミングで襖《ふすま》が開き、和江さんよりいくらか年上の和服姿の女性がお菓子を運んできた。

美しい銀髪をすっきりと結い上げ、ほんのりと灰がかった葡萄色の色無地を纏った姿は、とても素人《しろうと》とは思えない威厳が漂っている。

(料亭の人？　それにしては貫録がありすぎるような……)

女性のあまりの存在感に目を奪われていると、高級そうな脚付きの菓子鉢を恭《うやうや》しく掲げて歩いていた女性の足が目の前で突然もつれ、ばたりとその場に倒れ込んだ。

持っていた器が畳の上に落ち、中のお菓子が無残に転がる。

咄嗟《とっさ》に身体が動き、駆け寄って老婦人の身体を抱き起こしていた。

「お怪我はありませんか」

「申し訳ございません。私は大丈夫です」

彼女が無事なのを見届けると、手早く懐《ふところ》から懐紙を取り出して菓子鉢と散らばった主菓子《おもかし》を片付ける。

「お嬢様、申し訳ございません」

「大丈夫です。本当にお怪我はありませんか」

「はい、大丈夫です」

なおも恐縮する女性に笑顔を向け、父に「少し外します」と告げて女性とともに部屋を出た。

廊下を右に進んですぐの水屋に落としてしまった主菓子を運び、女性に丁重にお礼を言われながらすぐに茶室に戻る。

部屋では父が心配そうな顔をして待っていた。

素早く父の隣に座り、笑顔を向ける。

「大丈夫だったか」

「はい。幸いお怪我は何処にもないようでした。お父さん、お相手の方はまだですか」

「ああ。少し遅れているようだな」

父はそう言うと、穏やかな笑みを浮かべた。

久しぶりに見る父の笑顔に、心の奥がじんと温かくなる。

「優しいな、花純は」

「そんな。目の前であんなことがあれば、誰だってそうします」

「いいや。特に私たちの世界では、見て見ぬふりをする者も多い。ああやって誰にでも分け隔てなく接するところは、お母さんにそっくりだ」

そう母のことを話す父は、昔のままの優しい表情だ。

父は膝の上で組んだ私の手元に視線を落とすと、静かな声で言った。

「その指輪、してきたのか」

「はい。この振袖に似合う気がして」

「桜花《おうか》の……お前のお母さんのお気に入りだったな。その指輪も、振袖も。花純に譲るんだと、お前がまだ赤ん坊の頃から言っていた」

父は思い出を辿るよう、母の形見の指輪をそっと撫でた。

亡き母と父の絆を感じて胸がいっぱいになる。

（お父さんは、まだお母さんのことを覚えていてくれているんだ）

何年かぶりの家族の絆に喜びをかみしめていると、突然何の前触れもなく襖が開いた。

ハッとして茶道口に目を向けると、先ほどの老婦人が主菓子を掲げて部屋に入ってくるところだった。

彼女が掲げる瑠璃色の菓子鉢の中には、さっきとは違う紅葉《もみじ》を象《かたど》った生菓子が美しく盛られている。

彼女はちらりと私に瞳で笑いかけた後、父の前に菓子鉢を置いて恭しく一礼し、清々しく去っていく。

厳《おごそ》かな茶会の始まりを感じ、私は慌てて居住まいを正した。

（でも……北条家はまだ来ていないのに、先に茶会を始めるのかしら？）

隣にいる父も、同じように合点のいかない顔をしている。

手違いでもあったのかと視線を彷徨《さまよ》わせていると、すっと迷いのない動きで襖が開いた。

（えっ……）

茶道口に座る人物に、私は息をするのも忘れて釘付けになる。

彼はシュッと衣擦れの音をさせ、美しい所作で頭を垂れた。

濃紺のお召に千代平の袴を合わせた凛々《りり》しい和装の組み合わせが、彼の豊かな黒髪を際立たせている。

そして何より、彼の姿全体から醸《かも》し出される類まれな品格が辺りの空気を一変させた。

唐突な茶会の始まりにも、隣に座った父は身に備わった優美な礼で亭主を迎えている。

父に倣《なら》い、私も慌てて丁寧に頭を下げた。

そして彼が手前席へ向かう姿を、瞬きもできぬまま見つめる。

(間違いない、あの人だ)

いつか早朝のスイートルームで、ほんのつかの間見かけただけの人。

たった一度見かけただけなのに、焦げ付くような痛みとともに私の胸に焼き付いた。

忘れたくても忘れられない、密やかに心の奥底に閉じ込めた特別な人。

(でもどうして、あの人がこんなところにいるの?)

心の中に様々な疑問が浮かぶ。

ここは北条家との見合いの席のはずだ。

私の見合い相手は彼では決してない。

愛のない結婚をする相手は、深窓の令嬢が逃げ出すほどの、粗暴で獣のように恐ろしい人。まだこの席には現れていない人物だ。

ならば目の前で手前をする彼は、何らかの事情で今日の茶会の手伝いに来たのだろうか？

（もう一度会えたらとは思っていたけれど、よりによってこんな日に会うなんて……）

残酷な運命の悪戯《いたずら》に、私は手のひらをギュッと握りしめる。

きっと間もなく、私の本当の縁談の相手はここへやってくるだろう。

そして彼の前で、私たちの婚姻が決定する。

愛など欠片もなく、ただお金のために身売りする浅ましい娘だと彼に知られてしまう。

（どうして……こんな偶然、残酷すぎる）

ただ心の奥で密かに憧れていただけだった。

なのに、私にはそれすら許されないというのか。

切なさで思わず涙が浮かんだけれど、同時に今日ここへ来たことの意味も、私には十分分かっていた。

（しっかりして、花純。この縁談には南条家の運命が掛かっているの。私のちっぽけな感傷で、台なしにはできないのよ）

逸らすことのできない視線の先では、憧れの人が美しい所作で手前を進めている。

長い指が器用に袱紗《ふくさ》を操り、棗《なつめ》を取って茶杓を扱う。

(でも、今だけは……この一瞬だけは、この人を見ていたい)

悪名高い北条家の御曹司に嫁げば、いったいどんな過酷な生活が待ち受けているのか分からない。

だからせめて暗闇で心の糧になるような、光り輝く思い出が欲しい。

縋るような気分で彼を見つめていると、いつの間にそこに来ていたのか、先ほどの老婦人が彼の背後に控えているのが目に入った。

老婦人が担っているのは、半東《はんとう》と言う名前の亭主の補佐役だろう。

半東が入るのは正客《しょうきゃく》にお茶が出る直前のタイミングだ。

(いけない。私ったら、ぼんやりして……)

まだお菓子にも手を付けていないことに気づき、私は慌てて懐から懐紙を取り出す。

急いでお菓子を口に運びながら視線を巡らせると、隣に座る父はすでに準備を整え、背筋を伸ばした堂々とした振る舞いで亭主である彼を凝視していた。

茶会という案内があったこともあり、今日の父は海老茶のお召に黒の袴を合わせた和服姿だ。

ここ数年の心労でやつれているとはいえ、父の袴姿は気品に満ちている。

それに今日の父はどこか頼もしくもあり、まだ母が元気だった懐かしいあの頃を思い出させた。

やがて茶せんを振り終えた亭主がお茶を出すと、背後に控えていた老婦人が無駄のない動きでにじり寄り、父の前に茶碗を運ぶ。

両者それぞれが一礼を交わし、父が茶碗を頂き、口をつける。

「大変結構でございます」

父の言葉を受け、手前席にいる彼の視線がこちらに向いた。

黒く印象的な眼差しが、すぅっと流れて、最後に私を強く捉える。

軽く波打つ漆黒の髪。

高く男らしい鼻梁と形のいい知的な唇。

そして何より見る人を虜《とりこ》にする印象的な切れ長の瞳が、私に彼から目を逸らすことを許さないのだった。

茶会が終わって別室に案内されると、ようやく緊張を解くことができた。

ホッとした表情の私に、父が穏やかに微笑みかける。

「いい手前だったな。堂々としていて、それでいて繊細で」

「はい。とても美しいお手前でした」

「彼の母方の実家が、鷹司《たかつかさ》流という茶道の宗家だったはずだ。手前には人柄が出るものだからね。……よかったな。お前の相手は、どうやら誠実な人柄のようだ」

そう安堵したように笑う父に、私は言葉の意味を計りかねて首を傾《かし》げる。

「お父さん、それより、北条家の方々はいつ来られるんですか？」

「北条家？　花純、何を言ってるんだ。たった今、手前を見ただろう？　半東を務めたのは恐らく親戚だろう。遥己くんのご両親はすでに亡くなっているからね」

「遥己……さん？」

なおも言葉の意味が飲み込めずぽかんとしていると、女将に案内されて彼と半東を務めた女性が部屋に入ってきた。

ようやく収まっていた鼓動がまた忙しなく動きはじめ、頬が勝手に赤くなる。

一方、彼は端整な顔立ちを一切揺らすことなく、勧められるままに父の正面に座った。

「北条さん、本日はよいお席にお招きいただき、ありがとうございました」

「いえ、こちらこそ、本日はありがとうございます」

礼儀正しく頭を下げる彼の横で、茶会で半東役を務めた女性が笑顔で言葉を続ける。

「南条様、本日は本当にありがとうございます。……奥様はご欠席ということで、とても残念ですけれども」

「今朝になって体調を崩してしまいまして……。ご無礼、申し訳ございません」

父は丁寧な口調で応えると、「失礼ですが、ご親戚の方ですか」と笑顔で問いかける。

「南条さん、紹介が遅れました。こちらは吉岡《よしおか》と申します。北条の家の一切を取り仕切る、僕の母親代わりです」

「そうでしたか。初めまして。南条です」

「南条様、こちらこそよろしくお願い致します」

吉岡さんは如才なく父に頭を下げると、今度は私に視線を向ける。

「それに……そちらがお嬢様、花純お嬢様ですね？　先ほどは助けて頂いてありがとうございました。ぼっちゃま、早くご挨拶を申し上げて下さいませ。あまり怖いお顔をなさっていると、嫌われてしまいますよ」

吉岡さんに促され、ぼっちゃま、と呼ばれた彼がこちらを見た。

そして表情を少しも揺らすことなく、淡々とした口調で言葉を放つ。

「初めまして。北条遥己です。お見知りおきを」

（えっ……北条遥己って……こ、この人がお見合い相手なの⁉）

思いもよらない意外な事実に、ただ彼を見つめることしかできない。

玲子が言っていた『獣のような恐ろしい容姿』というイメージと、目の前にいる人がどうしても結びつかない。

半ば呆然と、薄く口を開いたまま彼を見つめる私に、父が見兼ねたように声を掛けた。

「花純、北条さんにちゃんとご挨拶をしなさい。申し訳ありません。まだまだ世間知らずな娘でして」

「いいえ。機転の利く気立ての優しいお嬢様とお見受け致します。先ほどの茶席でも、粗相をした私をさりげなく助けて下さいました。あんな場面で身体が動くお嬢さんは、あまりいらっしゃいませんよ」

吉岡さんはにこにこと笑いながらそう言うと、物言いたげに私の顔を見つめている。

予想もできなかった和《なご》やかな雰囲気に面喰らいながらも、私は居住まいを正して丁寧に頭を下げた。

「失礼致しました。初めまして。南条花純です。よろしくお願い致します」

顔を上げると、穏やかな視線をやり取りする父と吉岡さんが目に入る。

そして彼——正真正銘のお見合い相手、北条遥己さんの深い眼差しが、強く私を捉えている。

決して揺らぐことのない強く黒く——そして美しい彼の瞳に、抗う術もなく私は引き寄せられるのだった。


父と北条さんで他愛のない世間話をいくらかした後、『おふたりで散歩でもしていらしたら』という吉岡さんの強い勧めで、北条さんと私は庭に出ることとなった。

よく手入れされた日本庭園は、女将が自慢していた通り美しい初秋の彩りを湛《たた》えて、この上もない美しさだ。

私は先を歩く背の高い後姿を、遅れないよう追いかける。

建物の中から見るより、実際の庭はずいぶん広く奥行が深い。

(本当に気持ちのいいお庭だわ)

自然の風合いで整えられた小路に沿って歩いていくと、木々の梢から鳥のさえずりが聴こえてくる。

十月初旬の陽気はまだ夏の名残が感じられるけれど、色づく木々や漂う空気には、深まりゆく秋の気配が感じられる。

久しぶりの心癒される時間に、私の心も少し解れていく。

やがて路が終わって大きな池に辿りつくと、北条さんはそのほとりに設《もう》けられた小さな東屋へと足を進めた。

そして袂から取り出したハンカチでベンチを清め、腰を下ろす。

彼に無言で誘われたような気がして、私も隣に腰を下ろした。

目の前の池では、色とりどりの鯉たちがゆらゆらと戯れている。

池の周囲には赤や黄色に色づいた紅葉が連なり、よく手入れされた中にも静謐《せいひつ》な美が感じられる。

壮大な木々の勢いに圧倒され、私は息をすることも忘れて秋の景色に見入った。

いったい、どれくらいそうしていたのだろう。

「綺麗……」

思わず言葉を漏らした私に、北条さんがゆっくりと視線を向けた。

その端整な顔立ちは、紛れもなくスイートルームで出会った憧れの彼だ。

ハッとして彼の視線を受け止める私に、その漆黒の眼差しが微かに細められる。

「確かに見事だ。ここの見頃はまだ一ヶ月ほど先だから、気に入ったならここで式を挙げてもいい。内々だけの式にするつもりだから、そのつもりでいてくれ」

「えっ……」

「君は和装が似合いそうだから、天気がよければこの庭で挨拶状のための写真を撮ってもいいな。その頃には紅葉ももっと進んでいるだろうから、写真撮影には好都合だ」

北条さんはそう言うと、何かを思案するように長い指を顎に当てる。

何も答えられず、私はただ呆然と彼を見つめた。

私にとって、この結婚は融資目当ての政略結婚だ。

婚姻関係を結んで北条家の援助を受けることが、この結婚に課せられた私の役目。

でも、北条さんはどうして私なんかと結婚するんだろう？

玲子の言った『北条の御曹司は容姿に問題がある』という情報は明らかな間違いだ。

今目の前にいる北条さんは、誰が見ても非の打ちどころのない、類まれな容姿を持つ男性だ。

改めて近くで見ると、さらにその造形の美しさが際立っていることが分かる。彫りの深い顔立ちはその細部に至るまで緻密な造形をしていて、まつ毛の一本までも妥協がなかった。

神様が彼のことだけ贔屓《ひいき》して、特別に手を掛けて作ったのではと疑うほどだ。

それに使用人が鬼や妖怪、という点も本当とは思えない。

お茶会で手を貸した吉岡さんは、北条家の家の中を取り仕切っている人なのだという。

ほんのわずかな時間を過ごしただけだけれど、彼女が非道なことをするとはどうしても思えない。

様々なお嬢様が泣いて逃げ出したというのは、本当にこの北条さんのことなんだろうか。

「あの……」

「何だ」

「あの、北条さんは本当に私と……私と結婚をするおつもりなんですか」

私の問いかけに、北条さんの眼差しが暗く翳《かげ》った。

そして素早く距離を詰めると、長い指で私の顎を攫《さら》う。

ぐっと力を込められて自由を奪われ、為す術もなく彼の顔を見つめることしかできない。

怯えるように見上げる私に、彼の眼差しが揶揄《やゆ》するように煌めく。

「結婚して欲しいのは君だろう。縁談の代償に、南条家は法外な融資を要求してきたそうじゃないか。金銭を要求してきたのは君の家が初めてだが、俺にとっては悪い話じゃない。金以外のものを求められる方が厄介だからね」

怒りとも呆れとも取れる表情を浮かべる彼に、私はなおも続ける。

「北条さんは……それでいいんですか」

「何がだ」

「結婚するということは、一生をともにするということです。私なんかで……後悔しないんですか」

私の言葉に、顎を掴む彼の手の力が強くなった。

ぎりぎりと彼の指が頬に食い込み、鈍い痛みが走る。

「やっ……」

突然の強い力から逃れようと身を捩《よじ》ると、その拍子に鋭い痛みとともに頬を生ぬるい液体が流れるのを感じた。

（いけない。傷が……）

慌てて彼の手から逃れ、顔を背けてハンカチを頬に当てる。

けれどすぐに肩を抱かれ、大きな手が反対側の頬を包み込んだ。

「その傷は何だ。……見せろ」

「い、いえ、あの」

見られてはいけない。こんな顔で見合いに来たと分かれば、縁談を反古《ほご》にされるかもしれない。

そう思って渾身の力を振り絞って抗ったけれど、彼の逞しい身体にあっけなく捕われてしまう。

北条さんは長い腕で抱き込むように私を押さえつけると、息が掛かるほどの距離で私の顔を覗《のぞ》き込んだ。

天使か、悪魔なのか分からないほどの美貌がすぐ側まで迫り、ハッとして思わず息が止まる。

『あの顔が……私には耐えられない』

見る人を虜にする、類まれな美貌。

一度口にすれば忘れられない、まるで狡猾で甘美な果実のような。

「ハンカチで押さえていろ。……その美しい着物が汚れる」

そう言い捨てると北条さんは乱暴に私の手を引いて立ち上がり、辿ってきた路を苛立ったように歩きはじめた。


「誰か！　女将を呼んでくれ！」

料亭の母屋へ戻ると、玄関口で北条さんが大きな声を上げた。

駆けつけた仲居さんたちが慌てた様子で行き交い、すぐに女将がやってくる。

そして私たちの姿を見るや否や、顔色を変えた。

「どうかなさいましたか」

「彼女に怪我をさせてしまった。部屋を用意してくれ。それと、薬箱も頼む」

「かしこまりました。さ、こちらへ」

小走りで廊下を急ぐ女将の後に、北条さんと私も続く。

その様子を、仲居さんや来客らしき人たちが遠巻きに見つめている。

（どうしよう。大騒ぎになっちゃった……）

騒ぎになるのも、至極《しごく》当然のことだった。

振袖、袴姿という目立つ和装の上、私は北条さんにお姫様抱っこをされて運ばれている。

こんな状況、目立つなと言う方が無理だろう。

さっき強引に腕を引かれて母屋へ戻る途中、何度も転びそうになった私は、しまいには舌打ちされながら彼に抱き上げられてしまった。

嫌がればあの綺麗な顔で威嚇《いかく》され、抵抗することもできない。

まるで蛇に睨まれた蛙のような状態で、私は今も身動きひとつできないままだ。

「北条様、こちらです」

通された部屋は、二間続きの広い客室だった。

一緒についてきていた仲居さんが、女将の指示で隣の部屋に布団を敷いてくれる。

布団の上に下ろされ、ようやく心臓に悪いお姫様抱っこから解放されて身体の力がどっと抜けた。

北条さんは洗面所で手を洗い、女将から受け取った薬箱の中を確かめている。

「北条様、何か足りない物はございますか」

「いや、これでいい。すまないが人払いを。しばらく誰も入れないでくれ」

北条さんに促されて部屋から女将たちが出ていってしまうと、部屋には私たちふたりが取り残された。

気まずい沈黙の中、彼は薬箱を手に私の側に近寄ると、布団の上に腰を下ろす。

男の人とふたりきりで布団の上にいる状況は、さすがに居心地が悪い。

また心臓が、どくどくと忙しなく鼓動を刻みはじめる。

「顔を上げて。少し沁みるぞ」

北条さんはそう言うと、躊躇なく傷の手当を始めた。

その真剣な面持ちに、やはり彼はドクターなのだと実感する。

「痛むか?」

「大丈夫です」

「少しだけ我慢して。すぐに終わる」

北条さんは消毒液を浸した脱脂綿で、傷口を拭きはじめた。

鋭い痛みとともにサッと首筋に冷たいものが流れ、あっと思う間もなく彼の手の温もりが肌に触れる。

「着物が汚れてしまうな。……こっちへ来い」

北条さんは胡坐《あぐら》をかいた足の上にタオルを広げると、私の身体を横たえて強引に抱き寄せる。

いわゆる〝膝枕〟という状態になり、動揺から顔に熱がこもった。

「あ、あの、私……」

「黙っていろ。痛いのはすぐに終わる」

北条さんは頬の傷を消毒しながら、小さくため息をつく。

「……酷いな。これじゃ化膿するぞ」

「あ、あの、ごめんなさ……」

「自分でつけた傷じゃないだろう。後で家に薬を届けさせるから、処方通り飲むように」

強い口調とは裏腹な繊細な処置に、彼の本質的な優しさが伝わってくる。

夜明けの月とともにスイートルームで見かけた美しい姿が思い出され、あの時に感じた気持ちは間違いじゃないのだと、強く思った。

長い指先。

真剣な眼差し。

こんなに近くで彼に触れられると、否応なしに体温が上がる。

生まれて初めての感情に翻弄される私とは反対に、北条さんは手際よく手当を進めると、やがて短く息を吐いて私から離れた。

「これでいい」

処置を終えると、北条さんはそっけなく立ち上がって隣室の座椅子に砕けた様子で腰を下ろす。

その恐ろしく端整な顔からは、何の感情も読み取れない。

私は慌てて隣室へ移動し、畳の上に正座した。

（どうしよう。北条さん、きっと怒ってる。これからいったいどうしたらいいんだろう）

彼に触れられてふわふわしていた感情が一気に冷め、我に返って自分の置かれた状況に愕然《がくぜん》とする。

そもそもこの縁談は、我が家にとって都合がいいだけで北条家には何の利益もない。

それに北条家は我が家と対等とはとても言えない、遥かに格上の相手だ。

明らかに分不相応な見合いの席に顔に傷を作ってくるなんて、どう考えても言語道断、失礼極まりない。

その上、なりゆきとはいえ傷の手当までさせてしまった。

南条家の命運がかかる大切な見合いで犯した重大な失態に、身体の芯まで震えが走る。

(もしかしたら、もう破談にされてしまうかもしれない)

そうなれば、もう南条家はおしまいだ。

会社は立ち行かなくなり、私たちは路頭に迷ってしまう。

父が成し遂げようとしている母との約束だって、儚《はかな》く消え去ってしまうのだ。

(そんなの……絶対嫌だ)

私は思わず畳に手をつき、深く頭を下げた。

「ご迷惑をお掛けして申し訳ありません。どうか……どうかお許し下さい」

「今度は土下座か。類を見ない、騒がしい令嬢だな」

無我夢中で畳に頭を擦りつけていると、頭上から低い声が落ちてきた。

さっきは温かみを感じさせていたバリトンが、今は氷のように冷たい。

「顔に傷を作って見合いに来るとは、北条も安く見られたものだな」

「決して……決して安く見たわけではありません。すべて私の不注意です。申し訳ございません」

「君ひとりの責任、か。だが、君に傷を負わせた相手がいるのだろう? 引っかかれたにしては深い傷だ。大きな猫にでもやられたか」

北条さんはそう言い放つと、面白そうにフッと息を漏らす。

「法外な要求をしておいて傷物を寄こすとは、南条の奥方はたいそうな女傑だな。尤も、君の父上は何もご存じないようだがね。さっき君が手洗いに立った時に、こちらが法外な援助を申し出たことを訝しんでおられた。清廉潔白な旧家の御曹司は、継母に娘を売られたことなど気づいてもいないようだ」

北条さんは茶化したように言葉を続けると、「顔を上げろ」と冷たく言い放つ。

どれほど辛辣《しんらつ》な言葉を掛けられても仕方がないけれど、父のことを否定されるのだけは我慢ができない。

私はゆっくりと顔を上げると、真っ直ぐに彼を見つめた。

「すべて私の責任です。どうか父を侮辱することだけはお許し下さい」

「侮辱などしていない。ただ、何もご存じないと言っただけだ。……いいだろう。君がそう望むなら、父上には何も言わない。君が俺の望み通りの妻を演じるならね」

「妻を……演じる？」

言葉の意味を計りかねて問いかけるような視線を向けると、北条さんは座椅子から立ち上がって私の側に膝をついた。

そして手首を掴んで強引に引き寄せる。

近い距離で視線がぶつかり、その眼差しの強さに息を呑んだ。

「さっき君は、結婚の相手が自分でいいのかと俺に聞いたな。答えはイエスだ。ただし、条件付きでの話だが」

「条件……ですか」

「そうだ。君が俺の妻の役目を務めるなら、南条家が望むままの援助を与えよう。それに君にも、北条家を司《つかさど》る者の妻の座をくれてやる。しかしそれだけだ。間違っても俺に愛なんて求めないでくれ」

見上げた視線のすぐ先で、密やかな湖のように澄んだ美貌が私を見下ろしていた。

彼の言葉の意味をようやく理解し、心がしんと冷たくなっていく。

北条さんは私に形だけの、飾り物の妻になれと言っているのだ。

戸惑いと切なさで混乱する私に、彼の鋭い眼差しがなおも注がれる。

「父が亡くなって早急に北条家を継がなくてはならなくなってね。株主でもある親戚連中に、早く妻を迎えて跡継ぎを作れと圧力を掛けられている。だが、彼らが持ってくる縁談はみんなうまくいかなくてね。俺に愛されるなんてゆめゆめ期待するなと言ったら、みんな泣きながら逃げていった。『耐えられない』と言ってね」

淡々と言葉を放つ北条さんを、ただ目を見開いたまま見つめた。

彼の下から、次々と逃げ出していった令嬢たち。

きっと彼女たちは、何もかも備わった北条さんに無防備に惹かれたはずだ。

彼と結婚して夫婦となる、幸福な未来を心に思い描いただろう。

けれどその幼気な想いは、無残に踏みにじられた。

悪魔のように美しい、御曹司の残酷な言葉で。

「君にとっても悪くない話だろう？　君は実家への援助と北条本家の妻の座を得られる。そして俺は、非の打ちどころのない美しく可憐な妻を手に入れる。ただし、それ以上俺に何も求めないでくれ。――ましてや、愛なんてもっての外だ。俺は誰も愛さない。生涯、誰のこともね」

念を押すよう落とされた視線を、私はただ黙って受け止める。

最初から分かっていたはずだ。

この縁談に愛情なんてあるはずもない。

私は南条の家を救うための、北条さんにとってはただ周囲を納得させるための政略結婚。

私には、選択肢などないのだ。

「分かりました。私、北条さんと……あなたと結婚します」

私を見る彼の目が、わずかに見開かれた気がした。
でもそれは一瞬のことだ。
次の瞬間には、また一分の隙もない美貌が、刺すような視線をこちらに向ける。
そして腕を取って立ち上がらせ、強引な仕草で私の手を握った。
ひやりとした長く美しい指が、私の指に絡み付く。
「行くぞ。みんなお待ちかねだ」
彼に手を引かれ、私は足を踏み出す。
それは、北条家当主、北条遥己の妻となるための、第一歩だった。

花嫁の務め

北条本家の邸宅は、都心の一等地に建つ荘厳とした佇まいだ。

広大な敷地には豪華絢爛たる本宅や別宅、貴賓室、茶室に庭園と様々な建物が建てられ、時には海外からの要人をもてなすこともあるという。

廊下の拭き掃除を終えた私は本宅から別宅への渡り廊下に座り、見事なまでに色づいた紅葉をしげしげと眺めていた。

「ここのお庭は、本当に立派で綺麗だな……」

洋館造りだった実家とは違い、北条家は家の中や庭の隅々に至るまで和の調和が保たれている。

専門の庭師が手を掛けた木々は清々しく、そして美しい。

時は十一月の初め。

木々の紅葉も進み、深まる秋が感じられる気持ちのいい季節だ。

この磨き上げられた渡り廊下に映り込む紅葉の色彩は、もはや神秘的とすら言える美しさだ。

この場所だけでなく、この家には他にもたくさんの美しい景色や調度品が溢れている。

　ここで暮らすようになってからまだ二週間足らずだが、生まれ育った環境からの大きな変化に、毎日戸惑うことばかりだ。

「奥様、掃除は終わりましたか」

　不意に声を掛けられて振り返ると、すぐ後ろに吉岡さんが立っているのに気づいた。

　慌てて立ち上がり、頭を下げる。

「終わりました。ぼんやりしていて申し訳ありません。紅葉がすごく綺麗だから、見惚れてしまって」

「いいえ。建物や庭に関心を寄せて下さるのは素晴らしいことです。ゆくゆくは庭の設えも奥様のお仕事になりますから、今後も色々なことに関心を持って下さいませ」

　吉岡さんはそう言うと、「冷えてまいりましたから、中へ入りましょう」と廊下を後にする。

　私も、彼女に続いて紅葉に背中を向けた。

北条家とのお見合いから、早くも一ヶ月ほどが過ぎていた。

料亭の部屋で怪我の手当をしてもらった後、遥己さんは私を連れて父の下へ行き、『散歩の途中、お嬢さんに怪我をさせてしまった。僕が付いていながら申し訳ない。この怪我も含め、是非お嬢さんを僕の妻にしたい』と改めて父に強く懇願した。

父も最初は頬に大きなガーゼを当てた私を酷く心配したけれど、真剣な遥己さんの態度に心を開き、訝しんでいた唐突な融資の話も『そこまで花純を気に入ってもらえたのなら』と素直に受け入れることとなった。

その後はとんとん拍子に話が進み、二週間後にはお見合いをした料亭で親戚だけを招いて内々の結婚式を挙げた。

急な式だったけれど、海外出張の予定が入っていた遥己さんに強引に押し切られ、慌ただしく『NANJOU』やハウスキーピングの仕事を退職して、あっという間にお嫁入りとなった。

世間的には『花婿が年下の花嫁をたいそう気に入った』ということになっていたようだけれど、『面倒なことは早く終わらせて仕事に集中したい』という遥己さんの事情を優先させたというのが、本当のところだ。

それでも、結婚式の日に花嫁姿を見せた時の父や和江さんの涙は、今でも深く心に残っている。

白無垢とお色直しの色打掛、純白のドレスと、私の意見を聞きながら遥己さんと吉岡さんが選んだ衣装はどれも滅多《めった》に見られないほど極上のものばかりで、隣に並んだ遥己さんの神々しさも相まって、何度『何てお似合いのご夫婦』と言われたか分からない。

(でも、あの時のお義母さんと玲子の顔、本当に怖かったな……)

結婚が決まってから義母と玲子は『野獣の家に嫁に行く娘』と、私を馬鹿にして喜んでいたが、いざ結婚式で遥己さんの姿を目の当たりにすると、その意地悪な表情は一瞬で鬼の形相に変わってしまった。

野獣のように醜いと思い込んでいた私の結婚相手が、ひと目見たら忘れられない美麗な男性だったことが信じられず、我慢できなかったのだろう。

宴の中ほどですでに親族席に義母と玲子の姿はなく、代わりに父と和江さんの温かな眼差しがずっと私を見守ってくれた。

披露宴の後は、遥己さんの予告通りプロのカメラマン数人による写真撮影が行われた。

橋の上で番傘を差したり、はたまた花嫁姿の私を遥己さんが抱き上げたりと凝りに凝った演出に見ていた人たちから歓声が上がり、彼らのスマートフォンも向けられてまるで動物園のパンダのような状態となった。

慣れない私は疲労困憊したけれど、遥己さんはこの上もなく麗しい笑顔で周囲にアピールし、宴は大盛況の内に幕を閉じた。

後日この写真入りの結婚報告葉書が関係筋に送られると、家にはお祝いの品が連日届き、今は礼状を書くことに追われている。

その上、吉岡さんや北条の社員でもある男性、奈良岡《ならおか》さんからの申し送りも多く、この二週間は息もつけない忙しさだった。

吉岡さんも奈良岡さんもこの家に古くから住み込みで働いて下さっている方で、年齢はともに六十代半ば。

日中出入りするお手伝いさんや庭師は大勢いるけれど、この家に住んでいるのは遥己さんと私と以外には、この二人だけだ。

吉岡さんの話によると遥己さんのお母さんは遥己さんがまだ幼い頃に亡くなり、母親代わりに遥己さんを育てたお祖父様とお祖母様も十年ほど前に相次いで亡くなったらしい。

以来、遥己さんと遥己さんのお父さんふたりだけの家族だったが、一年ほど前にお父さんも病気で亡くなった。

それで跡を継ぐことになった遥己さんに、急遽縁談の話が持ち上がったということだ。

（でも私……本当に北条家にお嫁に来たんだわ）

廊下から母屋へ消えていく吉岡さんの後姿を眺めながら、実感の湧かない結婚に戸惑ってしまう。

これから始まる日々に不安を感じながら、私は吉岡さんの後を慌てて追った。


リビングに戻ると、吉岡さんが温かな紅茶を用意してくれた。

運ばれてきた舶来のアンティークのティーカップにそっと口をつけると、柑橘系の爽やかな香りが鼻先に漂う。

最初に入れてもらった紅茶がとても美味しくおかわりを頂いたこともあってか、掃除を終えたひとときには、こうして紅茶を用意してもらうことが多い。

（このカップ、本当に素敵だな。それに、きっととても高価なものだ）

実家が洋食器を扱っていたこともあり、私も幼い頃から食器が好きだった。

だからほんの少しだけなら、目の前のティーカップのことが分かる。

（昨日はイタリアのブランドだったけど、今日はフランスのメーカーのものだ。こんなに古いものを触ったの、初めて）

この家には古いヨーロッパのティーカップがたくさん揃《そろ》っている。

そのどれもがコレクター垂涎《すいぜん》の貴重な物だが、ここでは未だ現役でティータイムにたびたび登場する。

最初はとても緊張したけれど、今はこんな素敵なカップでお茶が飲めることを幸せに思う。

「吉岡さんの紅茶、とっても美味しいです」

「お気に入って頂けて、本当にようございました」

「はい。いつも本当にありがとうございます」

そう言って頭を下げると、吉岡さんは「奥様、頭はお下げにならなくて結構ですよ」と短く告げる。

吉岡さんはとても厳しい人だ。

この家に入った翌日から、私は彼女の指導の下、日々北条家の家風を叩き込まれている。

例えば廊下掃除ひとつとっても北条家のやり方があり、その作法に従って塵ひとつなく磨き上げねばならない。

北条家跡取りの妻となれば、いずれこの家を取り仕切ることになる。

そのためには家のすべてを知っておかねばならない。

だからこそやらねばならないと様々な仕事を言いつけられるけれど、これがなかなか大変だ。

実家の掃除やハウスキーピングのアルバイトでそこそこ慣れているはずの私でも、特にあの長い渡り廊下を隅々まで雑巾がけするのは骨が折れる。

けれど磨き上げられた艶やかな木目が赤や緑の木々を映すさまを見れば、次第にその作業が楽しくなり、今ではお気に入りのルーティンだ。

(でも慣れていない人には、少し厳しい仕事かも……)

つい先日、通いの若いお手伝いさんに聞いたことだけれど、これまで何人かの縁談相手が『花嫁修業』と称して吉岡さんの下に送り込まれてきたらしい。

そのたび今の私と同じように北条家の妻としての課題が出されたが、みんなすぐに怒ったり泣いたりしながら逃げ帰ってしまったそうだ。

確かに最初に言いつけられた渡り廊下の拭き掃除は範囲が広く、足腰にかなり負担が掛かる。

私のように慣れていてもはじめは二時間ほどかかったのだから、深窓のお嬢様たちには酷な仕事だろう。

奈良岡さんには古書の整理を手伝って欲しいと言われて、一度一緒に裏庭にある古い蔵に入った。

作業自体は代々伝わる古書を整理して除湿剤などを施す簡単なものだったけれど、蔵の中には由緒正しい家柄らしく古い兜《かぶと》や中身の分からない封印された壺なども保管されており、少々おどろおどろしい空気が漂っていた。

きっとこの経験も、彼女たちにとっては苦痛だったのだろう。

玲子が言っていた『使用人も鬼や妖怪』という噂話も、これで合点がいく。

(でも私、何だかこの家が好きだ)

吉岡さんが取り仕切る家の中は何処も凛とした佇まいに満ちていて、心穏やかに過ごせる心地よさがあった。

ずっと気を張り詰めて生きてきた私にとって、この心地よさはずいぶん久しぶりのものだ。

言いつけられた仕事さえすれば、意地悪をされたり謂れのない誹謗中傷を受けることもない。

それに、追われるように南条の家を出た私にはもう帰る家はないのだ。

ここで北条家のために尽くし、南条家の家業が立ち行くようになるまで援助を続けてもらわねばならない。

(よし。早く仕事を覚えて頑張らなくちゃ)

そう胸に誓うと、私は残っていた紅茶をひと息に飲み干した。

かちゃりと音を立てたソーサーに気づき、花器を整えていた吉岡さんが静かにこちらに歩み寄る。

「それと奥様、今夜旦那様がお戻りになるそうです」

「えっ」

「夕方に帰国され、その後一度会社に入られてから夜にこちらにお戻りになります。夕食は済ましてこられるとのことでした」

吉岡さんは澄ました顔でそう告げると、空になったカップにまた紅茶を注いでくれる。

（帰ってくるんだ。遥己さんが……）

吉岡さんの言葉に、心臓がトクトクと速い鼓動を刻みはじめていた。

ここは遥己さんの家なのだから帰ってくるのは当たり前のことなのだけれど、まだ一度も彼とこの家で暮らしたことのない私にとっては一大事だ。

結婚式の翌朝、遥己さんは仕事の関係でヨーロッパへと出発した。

だから結婚したと言っても、私が彼と過ごしたのはたった一晩だけだ。

けれどその一晩も、実際にはあってないようなものだった。

式の当日は料亭の離れに一泊したのだけれど、親戚との打ち合わせに行ってしまった遥己さんとは別行動で私は先に部屋に戻った。

そして緊張で疲れ切っていたせいか入浴の後リビングで行き倒れるように寝てしまい、目覚めた時にはなぜか一人で寝室のベッドに横たわっていたのだ。

遥己さんの姿はすでになく、その後吉岡さんと奈良岡さんにこの家に連れてこられて今日に至っている。

だから結婚後に彼と会うのは、今日が初めてだった。

（私、これからどうなってしまうんだろう……）

形ばかりの結婚と言っても、夫婦は夫婦だ。

夫婦となれば、これから様々なことを共有せねばならない。

今、私が寝起きしている寝室もそうだ。

三十畳ほどもある広い寝室には八畳ほどのクローゼットルームと浴室が備えられ、天井まである大きな硝子戸の外には、景色のいいテラスが広がっている。

そして部屋の真ん中には、天蓋付きの大きなベッドが鎮座している。

純白のリネンと、刺繍が施されたシルクのクッション。

ふたつ並んだ枕が艶《なま》めかしく見え、どうしてもベッドで寝ることができなかった私はこの二週間、部屋の端に置かれた小さなソファーをベッド代わりにして過ごしている。

(今日から、遥己さんと一緒にあのベッドで眠るのかな……)

圧倒されるほど美しく設えられた大きなベッドは、明らかに夫婦で眠るためのものだ。

(私、今夜あのベッドで……)

私だって何も知らない子供ではない。

夫婦となった男女が何をするのか、それくらい知っている。

(でも……でも、やっぱり怖い)

これから始まる彼との生活に、言い知れぬ不安と恐怖がどっと押し寄せてくる。

「奥様、寝室の準備などもう一度確認をしておいて下さいませ。足りないものがあれば私までお申し付け下さい」

「は、はい。分かりました」

「それではお茶を召し上がったら、今日はこれで終わりに致しましょう。奥様はゆっくり、旦那様をお迎えする準備をなさって下さい」

意味ありげな笑顔を浮かべる吉岡さんに、私は曖昧《あいまい》に頷くことしかできないのだった。

旦那様の帰還

吉岡さんと玄関ホールで待っていると、奈良岡さんを伴った遥己さんが帰ってきた。

ダークグレーの三つ揃えにえんじのタイを合わせたスーツ姿は少しの乱れもなく、とても長いフライトを経た出張帰りとは思えない。

遥己さんの和装とは違った大人の色香に、思わずぼうっと目を奪われる。

吉岡さんは私に向かって小さく咳払いをすると、遥己さんに深く頭を下げた。

「お帰りなさいませ、旦那様」

「お、お帰りなさいませ」

慌てて私も、吉岡さんを真似て頭を下げる。

遥己さんはちらりとこちらに視線を向けると、慣れた素振りで吉岡さんに鞄を手渡した。

「留守中、変わったことはなかったか」

「お祝いの品が多数届いております。リストは後ほど。お礼状は奥様にお願いしております。字がとてもお上手でいらっしゃいますので」

「そうか」

遥己さんは短く返事を返しながらリビングに移動し、品のいいレザーソファーに腰を下ろす。

そのタイミングで私と吉岡さんはキッチンに戻り、用意しておいたティーセットで手早くお茶の支度を始めた。

帰宅後、こうしてお茶を飲みながら簡単な打ち合わせをするのが、北条家のしきたりらしい。

準備を整えて四人分のティーカップをトレイで運ぶと、奈良岡さんと遥己さんが向かい合わせに座って打ち合わせをしているのが目に入る。

「旦那様、分家のご当主よりご連絡が入っております。お母様のご実家である鷹司家からもご連絡がございました。折り入ってご相談があるとのご伝言でございます」

「叔父さんにはさっき会社で会った。母の実家の件はまた明日にしよう。おおよその内容は見当がつく」

「かしこまりました」

話の切れ目を見計らってテーブルに紅茶を出すと、ごく自然な仕草で吉岡さんが奈良岡さんの隣にスッと腰を下ろした。

残っている席は遥己さんの隣だが、何だか気後れしてその場に立ち竦んでしまう。

するとスさなため息をついた遥己さんが、ネクタイを緩めながら私に視線を向けた。

「君も座ったらどうだ」

「あ……は、はい。すみません」

おどおどと彼の隣に腰かけると、それ以上何も言わないまま、遥己さんがおもむろにカップに口をつける。

彼に初めて飲んでもらうお茶をうまく入れられたかどうかが心配で、私は息をひそめて彼を見つめた。

するとカップの中身をひと口飲んだ遥己さんが、吉岡さんに視線を投げかける。

「この紅茶、吉岡が入れたのか」

「いいえ。本日は茶葉を選んだのも用意なさったのも、奥様でございます」

吉岡さんがそう答えると、遥己さんの視線がゆっくり私に移った。

「これは何だ。紅茶とは違うな」

「あの、これはルイボスティーと言って、アフリカで取れる植物からできているお茶なんです」

ルイボスはアフリカのある地域でしか育たない、貴重な植物だ。

葉を発酵させて作るのは紅茶と同じだけど、カフェインが含まれていないから夜眠る前に飲んでも眠りを邪魔しない。

抗酸化作用やリラックス効果のある飲み物として、メジャーではないものの日本でも広く流通している。

「少し……甘みもある」

「あ……ほんの少しだけ蜂蜜を入れました。申し訳ありません。甘いのはお好きじゃなかったですか」

「いや……」

遥己さんはそう言葉を切ると、またカップに口をつけた。

このルイボスティーは元々北条家のキッチンにあったものだが、実家にいた頃も時折和江さんと一緒に飲むことがあった。

最近寝つきが悪くなったと困っていた和江さんのために、何かいいものはないかと探して、買ってきたのが最初だ。

先日キッチンの棚にお手伝いさんが間違って買ってきたという茶葉を見つけ、吉岡さんと奈良岡さんに同じように少し蜂蜜を入れて出したことがあった。

その折ふたりに喜んでもらえたので、思い切って今日もこのお茶を選ぶことにしたのだ。

時差のある国から戻った遥己さんには、あまり刺激のある飲み物でない方がいい。

しかし私には遥己さんの好みは分からない。

あまりなじみのない茶葉だけに吉岡さんにこれでいいか何度も確認してみたが、

『奥様の選んだものでいい』との一点張りだった。

もっと気の利いたものをとも思ったけれど、きっと疲れて帰ってくる遥己さんには、
やっぱり身体に優しいものの方がいい。

（遥己さん、あまり好きじゃなかった？）

不安な気持ちが胸を満たした瞬間、カップの中身を飲み干した遥己さんが真っ直ぐに私を見つめながら言った。

「俺はもう少し二人と打ち合わせがあるから、君は先に休んでくれ」

「あ……はい。それではお先に失礼します」

「ああ」

リビングの扉を閉める前にもう一度みんなに頭を下げ、二階にある寝室に向かって階段を上る。

そして部屋に入ると、私はばたりとソファーに倒れ込んだ。

（き、緊張した……）

お茶を飲んでもらうだけで、あんなに緊張するなんて。

それでも全部飲み干してくれた遥己さんに、少しだけ心がホッとした。

入浴を済ませて夜着に着替えると、ようやく一息つくことができた。

身体からどっと力が抜けて、ソファーに深く背を預ける。

そして落ち着かない気持ちを誤魔化すよう、クッションを胸にかき抱《いだ》く。

（遥己さん、今日はここで眠るのかな。それとも、隣のお部屋？）

邸中の部屋の掃除をしているから分かっていることだが、この部屋の隣にはバスルームとクローゼットルームで繋がっている、もうひとつの部屋がある。

普段は書斎として使われている部屋のようだけれど、ベッドも置かれているので、今まで遥己さんはその部屋で寝起きしていたらしい。

しかし、今日彼が持って帰ってきた荷物はこの寝室に運び込まれて、部屋の隅に行儀よく並んでいる。

その上、いつの間に用意したのか目の前のテーブルには花やスイーツ、軽食のサンドウィッチや冷えたグラスとシャンパンまで並べられていて、まるでちょっとしたパーティスペースのようだ。

夕食の前にはなかったから、きっと吉岡さんと奈良岡さんがこっそり用意してくれたのだろう。

ふたりの気遣いをありがたく思う反面、特別感が漂ういかにもな演出に心細いような恐ろしいような、居た堪《たま》れない気分になった。

(遥己さんがここで眠るなら、今日がふたりで過ごす初めての夜だ)

厳密には結婚式の夜がふたりで過ごした初めての夜なのだろうが、眠っている間に彼が出張に出てしまったのだから、やっぱり今夜が初夜ということになる。

(しょ、初夜って……やっぱりそれはそうだよね……)

様々なことが胸に思い浮かび、自然に鼓動が速くなる。

緊張から無意識に指がナイトドレスの胸元のリボンをくるくると巻きつけ、ふうとため息をつくたびにリボンが指先からするりと零れていく。

(和江さん、今頃どうしているだろう)

手触りのいいシルクのリボンを弄《もてあそ》びながら、私は実家で過ごした最後の夜のことを思い出す。

結婚式の前夜、食事を終えて落ち着かない気分で過ごしていると、部屋に和江さんが訪ねてきてくれた。

そして遠慮がちに手渡してくれたのが、私が今身に着けている手作りのナイトドレスだ。

柔らかなシルクで作られたドレスはオフホワイトで、胸元や裾にレースをあしらった可憐なデザイン。

控えめだけれどとても美しく、私の色素の薄い髪や白い肌にはとてもよく映る。

夜着とはいえ、こんなに綺麗なドレスに袖を通したのは初めてだった。

『すべてこちらで用意するから、身体ひとつで来て下さい』

そんな北条家の言葉通りにわずかな物しか持たずに嫁ぐ私にとって、和江さんが用意してくれた手作りのナイトドレスは、何にも勝る宝物だった。

手作りとはいえ洋裁や和裁の心得がある和江さんの手によるドレスは、高い値を付けて売られているものに引けを取らない、いやそれ以上のものだ。

私の不安や恐れを少しでも和らげるために、ひと針ひと針心を真心を込めて縫い上げてくれた和江さんの優しい気持ちを思うと、それだけで涙ぐんでしまう。

(でも、本当に私にこのドレスを着る資格があるんだろうか)
このドレスも、お見合いの日の振袖も、結婚式で袖を通した花嫁衣装も。
美しいものを身につければ心が華やぐけれど、本物の愛のためのものではないのだ。
私は偽物の、まやかしの花嫁。
遥己さんにとって、都合のいい人形に過ぎない。
(でも……もう、後戻りはできない)
『花純お嬢様、和江は何処にいても、お嬢様のお幸せを祈っておりますから』
私の手を強く握り、涙ぐむ和江さんの言葉がリフレインする。
最後まで、心配そうな顔で私を見つめていたお父さんも。
南条の家を守るため、ふたりを守るためなら、どんなことだって耐えられる。
大きく息を吸うと、そのタイミングで部屋のドアが開いた。
ハッとして顔を上げると、入り口に遥己さんが立っている。
そのすらりとした立ち姿に、思わず目が釘付けになった。
「まだ起きていたのか」
遥己さんはそう言うと、静かに私の側に歩み寄った。
別の浴室を使ったのか洗い髪もそのままに、Tシャツとコットンのパンツを身に着けたラフな姿だ。

普段とは違って無造作に下ろされた前髪の隙間から、濡れたような漆黒の瞳が艶やかに煌めいていた。

私は、息をするのも忘れてその姿を見つめる。

(遥己さん、本当に何もかもが整ってる)

彫刻のように美しい彫りの深い顔立ち、形のいい鼻筋と口角の上がった唇。

彼から放たれる凄絶な色香に、男性を知らない私ですら恐ろしいほどの力で惹きつけられる。

言葉もなく呆然としていると、遥己さんは私の隣にそっと腰を下ろした。

彼の体温をすぐ側に感じ、胸の鼓動が速くなる。

「この家の生活には少しは慣れたか」

遥己さんの言葉に、私は頷きながら答える。

「はい。吉岡さんも奈良岡さんもよくして下さいますし」

「吉岡からも、君がよく気が付く働き者だと聞いている。だが、あまり無理はするな。別にお手伝いとして家に入れたわけじゃない」

「えっ、あの……」

「これから一生ここで暮らすんだ。ありのままでいればいい。誰にも取り繕う必要なんてない」

遥己さんの言葉に、胸の奥がキュンと疼く。

飾りのない彼の優しさが、胸にすとんと落ちてきた。

（ありのままの自分でいいなんて、もう何年も考えたことがなかった）

母が亡くなってから、私の行動は意志とは関係なく義母に都合のいいように歪められていた。それが当たり前だと思っていたのだ。

でもこれからは、もしかしたら何かが変わるのだろうか。

「あの……でも、お家のことは、もっともっと教えて頂きたいです」

この家に来たこと。遥己さんと結婚したことは、最終的には私の意志だ。

だからもっとこの家の役に立ちたい。

遥己さんの役に立ちたい。

一生この家にいていいと言ってくれた、遥己さんのために。

「そうか。……それなら、何でも吉岡に相談するといい」

「はい。ありがとうございます」

小さく頭を下げると、遥己さんはパンツのポケットから何気ない仕草でベルベットの小さな箱を取り出した。

そして私の視線の先で、そっと蓋を開ける。

「あ……」

中にあったのは端麗なリングだ。

プラチナの台座には、零れ落ちそうに大きなダイヤモンドがひと粒繋ぎとめられている。

シンプルなデザインがなおさら美しさを引き立てるのか、部屋の照明を受けて繊細なカッティングに眩いばかりの光が煌めく。

あまりの美しさにただ見惚れることしかできない私に、遥己さんの視線が静かに向けられた。

「順番があとさきになったが、婚約指輪だ。学会の合い間に時間があったから買ってきた。サイズが分からなかったから適当に選んだが……はめてみろ」

「あ、あの……」

突然のことに戸惑っていると強引に手を取られ、抗う間もなく左の薬指にリングがはめられた。

大粒のダイヤモンドは驚くほどすんなり私の指に沿い、高貴な輝きを放っている。

生まれて初めて神聖な指にはめられたリングに、言葉もなく見入ってしまう。

「ぴったりだな」

遥己さんは私の指先を見つめながら、満足そうに口の端を上げた。

そしてごく近くで、ゆっくりと私を見つめる。

左右対称に並んだ美しい切れ長の瞳に捕えられ、まるで天使か悪魔に魅入られたように私は息をひそめる。

(こんなに綺麗な瞳……今まで見たことがない)

結婚するまでに遥己さんと会ったのは、わずか数回に過ぎない。

それに、こんなに親密に相対するのは初めてのことだ。

私は改めて彼の端麗さに驚かされる。

完璧な卵型の輪郭や彫りの深い額や鼻筋、それに完璧な形の唇が奇跡のようなバランスで並んだ彼の顔立ちは、いつまで見ても見飽きることのない美しさだ。

けれど何より心惹きつけられるのは、その瞳だろう。

彼の黒く濡れた眼差しは、まるで魔法のように見る人を虜にする。

だけど美しさと同じくらいの分量で、哀しみを感じるのは何故なんだろう。

まるで砂のお城に立つような危うさが私を襲い、ギュッと胸が苦しくなって、ざわざわと心が波立つ。

理由の分からない感情に翻弄されながら、私は彼を見つめた。

「あ、あの……」

「何だ」

「ありがとうございます。一生大切にします」

大切にしよう、と思った。

初めて左手の薬指にはめた指輪。それに何より、遥己さんが私のために選んでくれたことが嬉しい。

そう思ってそっと指輪を撫でると、彼の大きな手が頬に添えられた。

ハッとして顔を上げると、さっきよりも強い視線が私に向けられている。

頼りなく返した視線はあっという間に搦《から》め捕《と》られ、ふたりにしか分からない、緊迫した空気が辺りに張りつめた。

どきどきと胸の鼓動が高まり、ただ見つめることしかできない私に、遥己さんの唇が近づく。

触れるだけのキスが唇を掠め、すぐに離れた。

目の前で、ミステリアスな黒い瞳が揺れている。

「政略結婚の意味、ちゃんと理解してるか」

息が掛かるくらいの距離で、遥己さんが言った。

身動きできないまま、私は彼の眼差しを見つめる。

「北条の本家の嫡男は俺ひとりしかいない。後継者……つまりは、子供を作るのも跡継ぎたる俺の役目だ」

遥己さんはそう言い放つと、私の膝裏に手を入れて、横抱きにしてベッドへと運んだ。

荒々しい仕草でマットレスに下ろされると、彼の身体が私を覆う。

両方の手首を掴まれて押し付けられ、身体が深く沈み込んだ。

「あっ……」

抗う間もなく、遥己さんの唇が深く合わせられる。

濃密な口付けに、身体が、思考が動かなくなった。

「んっ……ん……！」

酸素を求めて喘《あえ》ぐ金魚のように、反射的に唇が開いた。

そのわずかな隙を見逃さないとばかりに、腔内にとろりと舌が忍び込む。

柔らかな感触が自分のそれと絡み合い、経験したことのない心地好さが身体を包み込んだ。

「ふ……んっ……」

何もかもを蕩《とろ》けさせてしまうような甘い情熱が、私の中に流れ込んでくる。

初めて口にした甘美な果実に、うっとりと酔わされてしまう。

「……っ」

くったりとベッドに沈んだ胸元に、不意にピリリとした痛みが走った。

見ればいつの間にか彼の手が胸元のリボンを解き、露になった胸が彼の目の前に晒されている。

恥ずかしさと動揺で半ばパニックになり、バタバタと手を動かしていると指先に夜着のリボンが触れた。

不意に和江さんの優しい眼差しを思い出し、同時にハッと我に返る。

(私……いったい何を勘違いしているの)

頭の芯が冷たく冴え、同時に自分の置かれた立場を嫌と言うほど自覚する。

さっき彼は、政略結婚の意味を分かっているかと私に聞いた。

家督を継ぐ彼に周囲が結婚を求めたのは、世間体のためなんかじゃない。

結婚して子供を作り、北条家の系統を守るためだ。

そのために彼は、何のしがらみもない私を選んだ。

そして私は、実家に金銭的な援助をしてもらうことを条件に、この結婚話を承諾したのだ。

ならばこうして彼に身を委ねることは、避けることのできない私の義務。

形ばかりでも、北条家に嫁いだ妻の義務だ。

愛なんてない、子供を得るためだけの冷たい行為でも、彼を拒む権利なんて私にはない。

目を閉じ全身から力を抜いた私に気づき、遥己さんが顔を上げた。

そして私の顔を確認するとわずかに目を見開き、はだけた夜着の胸元を閉じてゆっくりとリボンを結んでくれる。

「あ、あの……」

意味が分からず、私はぼうっとした視線を投げかける。

すると遥己さんは、何かを確認するように小さく息を吐いて髪をかき上げた。

淡泊に身体を離してベッドから下りる。

その張り詰めた気配に、身体の底がひやりと冷たくなった。

「俺は……無理強いするつもりはない」

「ご、ごめんなさい。あの、私……」

慌てて身体を起こすと、頬をパラパラと涙が伝った。

自分が酷く泣いていることに気づき、顔から血の気が引いていく。

（私、遥己さんを怒らせてしまったの……？）

「あ、あの……待って」

ベッドから下りて彼の背中を追いかけると、なりふり構わず遥己さんのシャツの裾を握った。

政略結婚の恩恵を被《こうむ》ったのは私の方だ。

遥己さんにとっては、メリットの少ない結婚。

なのに彼を拒むなんて。

身のほどを知らない自分の行為に、どうしようもない後悔の念が沸き起こる。

もしこの結婚を反古にされてしまったら、実家の稼業も父や和江さんもたちまち立ち行かなくなってしまうのだ。

子供のように取り乱してしまった自分が情けなく、悔やんでも悔やみ切れない。

「あ、あの、ごめんなさい。私、びっくりして……違うんです。私……」

必死に追い縋ろうとシャツを掴んだ私の指を、遥己さんが強い力で外した。

取りつく島もなく、私は呆然と立ち尽くす。

「遥己さん……」

力なく呼んだ名は彼に届かず、ただパタンと閉まるドアの音だけが、残された私の耳に落ちた。

政略妻の心得

北条家の一日は、まだ夜が明け切らない早朝に始まる。

朝起きて身支度を整え階下のキッチンに向かうと、もうすでに吉岡さんが朝の支度を始めている。

この家には通いのお手伝いさんたちが何人もいるけれど、みんな早くても八時を過ぎないと出勤してこない。

だから朝食の支度は、私と吉岡さんふたりですることが多い。

キッチンに入りながら「おはようございます！」と元気に挨拶すると、いつものように隙のない見繕いをした吉岡さんが笑顔で迎えてくれる。

「おはようございます、奥様。昨夜はよくお眠りになれましたか」

「はい、ぐっすり眠れました」

「そうですか……」

どこかがっかりしたような吉岡さんに首を傾げつつ、私はコンロに掛けられた行平《ゆきひら》鍋を覗き込む。

「今日のお味噌汁は何にしますか」

「シジミのお味噌汁にしましょう。旦那様は昨夜会食にご出席でしたから」

「分かりました」

吉岡さんの指示に従い、私は食事の準備に取り掛かる。

北条家の朝食は季節や旦那様の予定に合わせて献立を決めるが、そのほとんどが和食だ。

一汁三菜にデザート、という基本に則《のっと》りながらも、吉岡さんの采配でバラエティに富んだメニューが提供される。

「吉岡さん、お味見をお願いします」

小皿に昆布とシジミで取った出汁を少し入れ、吉岡さんに差し出した。

この家に嫁いで一ヶ月。

私に任されるのは、もっぱらお味噌汁や煮物に使う出汁を取る役目だ。

ひと口に出汁と言っても料理によって取り方は千差万別で、それぞれに北条家ならではの味があるという。

毎日吉岡さんの指導の下で頑張ってはいるが、北条家の味に仕上げるのは至難の業《わざ》だ。

吉岡さんは私から小皿を受け取ると、神妙な顔で口をつける。

毎朝のことながら、心拍数が上がる瞬間だ。

「かなりよろしい出来ですけれど、昆布を引き上げるのが少し早ようございますね。あと十秒ほどお待ち頂きたく思います」

「十秒ですね。……分かりました」

「シジミの風味はちょうどのお加減ですね。これ以上煮立てると、磯の香りが強くなりすぎますから」

吉岡さんの指示を手早くメモに書き入れ、エプロンのポケットにしまう。

私がお味噌汁に掛かり切りになっている間に、吉岡さんによって野菜の白和えや魚の干物、蒸し物などが手際よく完成し、ほどなく大方の朝食の準備が整った。

「吉岡さん、私、少し外しますね」

吉岡さんに断ってキッチンを出ると、私は渡り廊下に向かう。

最近は毎朝、この廊下を隅から隅まで磨き上げるのが日課だ。

十一月半ばに入った朝は、晩秋の冷たい空気で満ちている。

バケツに水を汲んで雑巾を絞れば、たちまち手が真っ赤に染まった。

悴《かじか》んだ手に息を吹きかけながら、きゅっきゅと小気味いい音を立てて廊下を拭き上げる。

「はー、冷たい」

一時間ほどかけて掃除を終えると、雑巾とバケツを洗ってもう一度渡り廊下に立った。

塵ひとつなく磨き上げられた欅《けやき》の廊下には盛りを過ぎた紅葉が赤く映り、息を呑むほどに美しい。

しばらくぼんやりと見つめながら、私は力なく廊下に座り込んだ。

ベッドで旦那様を拒んでから、早くも二週間が過ぎていた。

あれ以来、彼が私が眠る寝室に来ることはなかった。

もちろん、私に触れることも。

(私、旦那様に嫌われてしまったんだ……)

政略結婚の条件として実家への援助を願い出た私が、彼との閨《ねや》を拒むなんて。

身のほど知らずの自分の行動に後悔することしかできないけれど、今さら引くことももうできない。

こうなったら少しでも北条家のために働いて、恩に報いるしかないだろう。

そう思い、この二週間は前にも増して働くようになった。

彼のことを〝旦那様〟と呼ぶことにしたのも、立場をわきまえることを忘れぬよう自分を戒めるためだ。

吉岡さんたちは『あまり根を詰めないように』と言ってくれるけれど、結婚前は仕事を掛け持ちしていたから、これくらいは朝飯前。

もっともっとこの家の人たちの役に立てるよう、頑張ろうと思う。

(お父さんも和江さんも元気にしてるかな……)

嫁いでから約一ヶ月が経つけれど、私はまだ一度も里帰りをしてはいなかった。

旦那様や吉岡さんからも『一度顔を出してきたら』と言われていたけれど、何となく先延ばしにしてしまっていたのだ。

本当のことを言うと和江さんや父の顔を見れば泣き言を零してしまいそうで、ずっと我慢をしていた。

でももうそろそろ顔を見せなければ、却ってみんなを心配させてしまうだろう。

(今日、何も予定がなければ、里帰りをさせてもらおう)

そう心に決め、廊下に手をついて立ち上がった。

(朝食の時間だから、部屋に帰って着替えなきゃ)

廊下を後にしながら、私はもう一度手に息を吹きかける。

冷たく美しい晩秋の風景は、どこか旦那様に似ていた。

白いブラウスと紺のスカートに着替えてダイニングに向かうと、すでに旦那様が席に着いていた。

慌てて向かい側の席に座ると、すぐにお手伝いさんたちが温かな食事を運んでくれる。

食卓が整うと、ふたり向かい合わせで「いただきます」と手を合わせ、食事を始めた。

(今日のシジミのお味噌汁はどうだろう。旦那様の口に合うかな)

ドキドキしながら盗み見ると、ちょうど旦那様がシジミのお味噌汁に口をつけたところだった。

思わずじっと見つめていると、気配に気づいた旦那様の視線がこちらに揺れる。

「旦那様、今日のシジミのお汁は奥様がお作りになったのですよ」

すかさず声を掛ける吉岡さんに、旦那様が顔を上げた。

そしてちらりとこちらに視線を馳せる。

一瞬視線がぶつかって、心臓が騒がしく音を奏ではじめた。

「お味はいかがですか」

「悪くない」

「それはようございました」

吉岡さんは満面の笑みでそう言うと、私にも笑顔を向けてくれる。

いつも無条件でかけてもらえる優しい気遣いに、胸が温かくなる瞬間だ。

思わず笑顔を返すと、彼女の方も笑顔で頷いてくれる。

「奥様はそれはそれはお勉強熱心で、本当に頭が下がります」

「そんな。知らないことばかりで、毎日吉岡さんや奈良岡さんに教えて頂いてばかりです」

「奥様が一生懸命なさるので、こちらも教えがいがありますよ。つい先日も蔵の古書の整理を手伝って頂いたんです。次回は北条家の家系図をご説明する予定です」

奈良岡さんまでもが笑顔で話しだすので、旦那様の顔にも笑みが浮かんだが、すぐに何かを思い出したように顔を引きしめると、吉岡さんに視線を向ける。

旦那様が笑ったのが嬉しくて、私の心にホッと温かさが灯る。

「勤勉なのはいいが、あまり無理はさせないでくれ。それに、この時期に渡り廊下の掃除は辛いだろう。身体が冷えるのもよくない」

「あ、あの、それは私が勝手にやっていることで……」

慌てて言い訳の言葉を口にする私に、旦那様は気難しい顔で眉根を寄せる。

「確かにあの廊下からの景色は美しいが、君が風邪を引いてしまっては何にもならない。結果として忙しい吉岡に迷惑だって掛ける。……無理はするな」

「……申し訳ありません。配慮が足りませんでした」

「謝るな。別に咎めているわけじゃない」

旦那様はそう言うと私から視線を逸らし、この話はおしまいとばかりに奈良岡さんに向かって仕事の話を始めた。

みんなに褒められて膨らんでいた気持ちが、しゅんと萎《しぼ》んでいく。

「奥様、今日の鰺は脂が乗って美味しゅうございますよ。しっかり召し上がって下さい」

箸が止まってしまった私に、吉岡さんから気遣うような声が掛けられた。

心配させないように笑顔を返し、食事を続ける。

(こんなことで落ち込んじゃだめだ。もっと頑張って、北条家の役に立たなきゃ)

心配げに注がれる吉岡さんや奈良岡さんの視線が心に温かく届く。

目に見えない優しい気持ちに励まされながら、私は目の前に並べられた料理をせっせと口に運ぶのだった。


食事を終えると二階に上がり、旦那様の書斎の扉をノックした。

どうぞ、と短い返答が帰ってくると、静かに部屋の中に入る。

「失礼します」

声を掛けてクローゼットルームへ足を踏み入れると、大きな姿見前で旦那様が身繕いをしているのが目に入った。

系列の総合病院で病院長を務める旦那様は、病院長ながら未だ外来を持つ現役の医師だ。

専門は心臓外科。

海外で研鑽を積んだ経験もあり、その筋では有名な凄腕だという。

家督を継げば臨床からは外れるということらしいが、誰かを助けるお医者様でいる方が旦那様らしいと、何となく思う。

大きな姿見の前に立つ旦那様は、私の姿を認めると「こっちへ」と小首を傾げて誘う。

「……どっちだ」

手にあるのはブルー系のストライプと、えんじの変わり織りのネクタイだ。

今日の旦那様は、仕立てのいい濃紺のスーツにピンストライプが浮き出た白いワイシャツを合わせている。

定番の組み合わせだけれど、そのシンプルさが却って旦那様の華やかさを更に際立たせる。

(やっぱり旦那様には、紺や黒がとてもよく似合う……)

ドキドキと高鳴る胸を抑えつつ、私は平静を装って鏡の中の旦那様を見つめる。

この朝の行事も、北条家の数あるしきたりのひとつだ。

私は二週間前のあの夜の翌朝から、吉岡さんに言われて旦那様の身繕いを手伝っている。

中でも、このネクタイ選びは緊張する仕事だ。

特に旦那様はとても目立つ容姿をしているので、あまり派手なものを選ぶと仕事に差し障りがある。

「今日のご予定をお伺いしてもいいですか」

「午前中書類の整理をしたら、午後からカンファレンスだ。夜は新しく呼んだドクターと会食がある」

「それなら、もう少し明るい色でもいいかもしれないですね。例えば……」

私はクローゼットの棚に色別に並べられたネクタイをざっと見渡す。

そして目に留まった一本を、そっと手に取った。

「これはどうでしょう。新しく来られた方ならば、座が明るくなった方がいいでしょうし」

私が旦那様の胸元に当てたのは、薄いパステルピンクにブラウンのストライプが細く入ったレジメンタルタイだ。

遠目には分からないがピンクの生地には幾何学模様が織り込まれており、光の加減で立体的にも見える。

人を選ぶネクタイだけれど、旦那様なら簡単に着こなしてしまうだろう。

どこか華やいだ気分で鏡を見つめる私に、旦那様が鏡越しに視線を向けた。

「それにしよう。……頼む」

私の返事を待たず、旦那様が私に向かって顔を近づけた。

背の高い旦那様に視界をふさがれるような形になり、毎朝のことながら心拍数が上がる。

（うう、心臓に悪い……）

私は背伸びをしながら旦那様の首にネクタイを掛け、慣れない手つきでネクタイを結んでいく。

私が与えられる仕事の中で一番難しいのが、この毎朝旦那様のネクタイを締めるという仕事だ。

最初に吉岡さんに聞いた時は耳を疑ったが、当主のネクタイは妻が締めるというのが、代々北条家に伝わる習わしらしい。

数日吉岡さんにレクチャーを受けて一週間ほど前から独り立ちしたのだが、これがなかなかの難事だった。

手先が不器用なわけではないけれど、とにかく旦那様との距離が近いのだ。

それに、百八十センチを大きく超える旦那様と百五十そこそこの私では三十センチ以上の身長差があるから、手を大きく伸ばしたり時には背伸びをしたりせねばならない。

極め付けは必然的に顔と顔とが非常に近くなってしまうから、とにかく落ち着かない。

慣れない上に緊張感が半端ではなく、ようやくネクタイを結び終えた時にはもう、疲労困憊しているのが常だ。

「……お待たせしました。できました」

今日も何とか綺麗にネクタイを結び終え、私はホッとして彼から離れた。

旦那様は「ありがとう」と言って背を向け、ジャケットに袖を通す。

次の瞬間、振り返った旦那様の姿に私の目は釘付けになった。

(……やっぱり、すごくよく似合う)

濃紺のジャケットのフロントボタンをひとつだけ掛けた襟元に、さっき私が結んだ薄いピンクのネクタイ。

旦那様のどこかミステリアスな魅力を華やかに彩って、いつにも増して魅力的だ。

「それじゃ、行ってくる」

「はい。お気をつけて」

「今夜は遅くなるかもしれないから、先に休んでくれ」

そう言い残し、旦那様はいつもと同じ様子で階下へと急ぐ。

その後姿を、上気した頬を隠して見送った。


その日の午後、私は久しぶりに実家を訪れていた。

約一ヶ月ぶりに実家の門をくぐると、あらかじめ連絡を入れていたせいか、和江さんが笑顔で迎え入れてくれる。

平日の午後だったので父は仕事に出ていたが、幸か不幸か義母や玲子も在宅中だ。

応接間に入ると、ソファーの真ん中に義母が腰かけている。

私は吉岡さんが持たせてくれたお菓子を義母に差し出しながら、深々と頭を下げた。

「お義母さん、ただ今戻りました」

「お帰りなさい、花純さん。ずいぶん長いこと音沙汰がなかったから、心配しましたよ」

意地悪な笑みを浮かべた義母に言われ、私はもう一度頭を下げる。

「ご挨拶が遅くなって申し訳ありません」

「いえ、いいのよ。北条家に失礼があっては大変ですもの。あなたの働きには南条の将来が掛かっているのだから、せいぜい頑張ってちょうだい」

義母はそう言うと、顎を上げて「座ったら」とぞんざいに言う。

言われるがまま義母の正面のソファーに腰かけると、その視線があからさまに私の左手に注がれた。

（お義母さん、指輪を見てる。やっぱり、はめてこなければよかったかな……）

今日北条の家を出る時、吉岡さんに『奥様、旦那様から送られた指輪を着けていかれてはいかがですか。ご実家に婚約指輪を見せて差し上げなくては』と言われて着けてきたのだが、宝石に目がない義母に妬まれればまた何を言われるか分からない。

しかし予想に反し、義母は何も言わずにつっと視線を逸らす。

居心地の悪い空気に肩を縮めていると、和江さんがふたり分の紅茶を運んできてくれた。

爽やかなマスカットの香りはダージリンのファーストフラッシュ。

温められたカップは、『NANJOU』の代表的なティーカップだ。

義母はわざとらしく咳払いをすると、もったいをつけたように口を開く。

「それで、北条家での生活はどうなの？　あちらには難しい使用人が多いらしいから、あなたも大変でしょう？　決して失礼のないようにしてちょうだい。南条にとっては、大切な相手ですからね」

「まだ拙《つたな》いことばかりですが、何とかやっています。みなさん、お優しい方ばかりですし」

「何ですって？　聞いていた話とずいぶん違うわね……」

私の話を聞きながら、義母は眉間に皺を寄せて苛々とカップに口をつけたが、すぐに乱暴にカップをソーサーに戻した。

静かな応接室に、がちゃん、と硬質な音が響く。

「和江っ。何なの、この紅茶は。こんなもの薄くて飲めないわ。さっさと入れ直しなさい」

「申し訳ございません、奥様」

「紅茶ひとつ満足に入れられない使用人なんて、聞いたことがないわ。本当なら暇を出したいくらいなんですからね。役立たずのお前を置いて下さる旦那様のご慈悲に感謝しなさい」

義母に怒鳴られ、和江さんはおろおろしながら義母の紅茶を下げた。

そして私の紅茶も下げようとしたが、「大丈夫」と目で合図を送りながら笑顔を向ける。

和江さんが応接室から出ていってしまうと、義母は大げさにため息をつきながら足を組み替えた。

過剰なまでの義母の苛立ちには、どこか焦りが感じられる。

不審に思いながらも黙って紅茶を飲んでいると、義母の視線がちらちらと指輪に注がれているのに気づいた。

ハッとして膝の上で左手を隠すと、義母は吐き捨てるように言葉を放つ。

「うっとうしい。この家は、何もかもが古びていて薄汚いものばかりよ。花純さんはいいわね。北条家総領の妻ですもの。それに比べて……玲子が不憫《ふびん》でならないわ」

「玲子が……どうかしたんですか」

そう言えば、いつも義母の隣にいる玲子の姿が見えない。

不思議に思って義母を見つめると、彼女の顔がさらに怒りで歪んだ。

キッと私を睨み付けると、唇をかみしめる。

「しらじらしい。お腹の中では私と玲子を馬鹿にしているんでしょう」

「そんな……。いったい何があったんですか」

「何があったですって？　……玲子はあなたの結婚式以来、部屋から出てこないわ。当然よね。自分が嫁ぐはずだった最高の相手を、あなたに横取りされたんですもの。

私だって、本当は腸《はらわた》が煮えくり返るような気分だわ」

義母はそう言うと、憎しみのこもった目で私をさらに睨み付けた。

まるで般若《はんにゃ》のような表情に、背筋にゾクッと寒いものが走る。

(お義母さん、私のことを本当に憎んでいるんだ)

自分に向けられるあからさまな敵意に、私は身の危険すら感じて思わず身体を強張らせる。

すると義母は、私に向かってうっすらと笑みを浮かべた。

そして静かに立ち上がると、冷たく私を見下ろす。

「安心してちょうだい。あなたに危害は加える気はないわ。今あなたに何かあったら、南条も終わりですからね。それに、そのダイヤ……遥己さんにくれぐれもよろしく伝えてちょうだい。北条家の財力は分かったと、南条との縁を末永く続けて下さいとね」

そう言い放つと、義母は振り返りもせず応接室から出ていった。

すると入れ替わりで、新しい紅茶をトレイに乗せた和江さんが足早に入ってくる。

「花純お嬢様……大丈夫ですか」

義母の激しい憤りを廊下で聞いていたのか、和江さんは心配そうに私の傍らに膝をついた。

そして、強く手を握ってくれる。

「酷いことを……。縁談を花純お嬢様に押し付けたのは、奥様と玲子お嬢様の方じゃありませんか。それを今になって……勝手すぎます」

和江さんの言う通り、義母と玲子は悪い噂を聞いて北条家との縁談を私に押し付けた。南条に対する援助まで条件にして、文字通り私を売ったのだ。

でも結婚式で、北条の御曹司を目にして惜しくなったのだろう。

ましてや私なんかが彼の隣にいるなんて、我慢がならなかった。

義母がヒステリーを起こし玲子が嫉妬で寝込んでしまうほど、旦那様は何もかもが備わった完璧な人なのだ。

(でも玲子もお母さんも、本当のことを何も知らない)

縁談で旦那様に出会った数多くの令嬢たちは、きっとひと目見て旦那様に惹きつけられただろう。

美しい花のように。

素晴らしい芸術品のように。

自然が奇跡のように作り出す。美しい夕焼けのように。

美しいものに心を奪われてしまうのは、人として抗いようのないことだ。

だからこそ、愛を求めるなと言う旦那様の言葉が彼女たちを傷つけた。

それが本質の見えない、怪しげな噂の真相だ。

(でも私は彼女たちとは違う。南条のために……お金のために飾り物の旦那様の妻になったんだもの)

自分が汚れているような気がして、私はギュッと手を握りしめる。

黙り込む私の肩を、和江さんが労るように抱いてくれた。

(こんな顔をしてちゃだめだ。お父さんと和江さんのためにも、もっと頑張らなきゃ)

義母が言っていたように、この家は北条家の援助がなければ今すぐにでも破たんする。

もう後戻りはできないのだ。

とにかく北条の家で、与えられた役割をまっとうしなければ。

私は口角をきゅっと上げ、和江さんに向かって強く頷いて見せる。

「私は平気です。それより、和江さんは大丈夫ですか」

義母のあの荒れようでは、きっと和江さんに対する風当たりもきついだろう。

辛い思いをしているのではと心配になって問いかけると、和江さんはからりと明るく笑って答えた。

「和江は大丈夫です。奥様や玲子お嬢様はあんな調子ですけど、旦那様も気にかけて下さいますし、何より花純お嬢様の帰ってくる場所を守らなくちゃいけませんからね」

「和江さん……」

和江さんの優しい気遣いに心がじんと温かくなる。

互いに顔を見合わせ、手を繋いで笑った。

「それよりお嬢様、このティーカップ、覚えておいでですか」

「あっ、これ……」

「この間食器棚を片付けていたら、奥から出てきたんですよ」

そう言って和江さんがそっと差し出したのは、両親が結婚した時の引き出物で母の宝物だった、懐かしいティーカップだ。

もう二十数年前の古いものだが、父が『NANJOU』の工房で作らせた特注品。

私はカップを手に取り、両手で包み込む。

懐かしい手触りに、胸がいっぱいになった。

母が好きだった薔薇の蕾を散りばめ、華やかなピンクとゴールドのラインを利かせた可憐なティーカップ。

幼い頃からこのティーカップが大好きで、母にせがんで時折ミルクティーなどを飲ませてもらった記憶がある。

けれどその大切なティーカップも、義母が家を取り仕切るようになった折にすべて処分されてしまった。

泣きじゃくる私の目の前で、義母は母の大切なティーカップを次々に割り捨てていった。

お揃いのポットも、ケーキ皿も、何もかも粉々にしてしまったのだ。

父がいない間の暴挙だったが、まだ子供だった私に為す術はなく、ただ呆然と母の形見が打ち砕かれるのを見るのは辛かった。

「これが残っていたなんて……」

「ええ、見つけた時は私もびっくりしました。お嬢様にお渡ししなければと、誰にも気づかれないよう戸棚の奥に隠していたんですよ」

和江さんはそう言うと、悪戯っぽく笑った。

釣られて私も、声を上げて笑う。

神様に与えられたささやかな希望が、私たちを優しく包み込む。

その時だった。

「へえ、それ、まだ残ってたんだ」

振り返ると、いつからそこにいたのか、開いたドアの向こうに玲子が立っている。

一ヶ月ぶりに見る玲子はゾッとするほど青白く、見たこともないほど痩せていた。

玲子はゆっくりと部屋に入ると私たちのすぐ側で立ち止まり、糸を引いたように目を細めてこちらを見やった。

その鬼気迫るほどの憔悴ぶりに、私は言葉を失う。

「お姉さんって、そんなに綺麗だったっけ？」

「えっ……」

「髪も……肌もつやっつや。それに……左手の薬指に嵌《はま》ってるのは、本物のダイヤモンド？」

玲子は高い声でそう言い放つと、値踏みするような視線を私の全身に走らせた。

尋常でない彼女の様子に、ひやりと冷たいものが走る。

「玲子……身体の具合はどう？　ちゃんと食事は摂ってるの？」

「なぁに、その上から目線。私に勝ったとでも思ってるの？」

「そんなこと思ってない。でも……食事はちゃんとしなきゃ」

私の言葉に、玲子が鈍い動作で顎を上げる。

そして私の手元に視線を落とすと、さっと素早い動作でティーカップを取り上げた。

不意をついた玲子の行動に、顔から血の気が引いていく。

「何するの!? 返して、返してっ」

「こんなものっ……こうしてやる!!」

「止めて、止めて……っ」

揉み合う玲子の細い身体がふらりとよろめき、ハッとして私が腕を離した隙をついて狡猾な手がティーカップを高く振り上げた。

そして躊躇なく床に叩きつける。

ぱりん、と高い音がしてティーカップがバラバラに飛び散った。

力なく床の上に崩れ落ち、私は割れた陶器の破片に手を伸ばす。

「酷い……どうしてこんな……」

溢れる涙を堪えながら、私は思い出の欠片をかき集める。

すると頭の上から、玲子の乾いた笑い声が落ちてきた。

「お姉さんが悪いのよ。私から遥己さんを横取りしたりするから」

「横取りなんてしてない。……悪い噂を聞いて、縁談を押し付けたのは玲子でしょう」

「うるさいっ……悪いのはお姉さん……あんたの方よ!!」

そう怒鳴りつけ、玲子は逃げるように部屋を出ていく。

残された私と和江さんはただ哀しみに震えながら、おぼつかない手つきで大切な思い出の破片を拾い集めるのだった。

ありのままで

北条の家に戻った時には、時刻はもう午後六時を過ぎていた。

吉岡さんに少し疲れたからと夕飯を断り、私はひとり寝室のソファーに身体を預ける。

テーブルの上には割れてしまったティーカップが、無残な姿で並んでいた。

（お母さんの大切なティーカップ、せっかく和江さんが見つけてくれたのに壊してしまった）

気苦労ばかりの家で宝物を守ろうとしてくれた和江さんに申し訳がなく、それに一緒にお茶を楽しんだ母の笑顔が思い出されて、知らぬ間に涙が頬を伝う。

私はどうしていつも、大切なものを失ってしまうのだろう。

自分の至らなさが、ただ不甲斐なかった。

「……うぅっ……ひっ……くっ」

部屋に誰もいないこともあり、泣き出せば止まらなかった。

涙は後から後から、とどまることを知らないように頬を流れ落ちる。

母が亡くなってから、こんなに泣いたのは初めてだった。
特に義母が来てからは、私には泣くことすら許されなかった。
泣けば容赦なく罵声が飛び、泣き止むよう命令される。
言うことを聞かなければ、服の下の柔らかな肌をつねり上げられる。
けれど今この部屋には、私に命令する者は誰もいない。
ソファに横たわって背中を丸め、私は自分の身体を抱きしめた。
——泣いてもいい。
たったそれだけのことで、自分が解放された気がした。
目を閉じると、幸福だった幼い頃の自分が脳裏に浮かぶ。
温かな光に包まれた記憶を抱きしめながら、私は目を閉じ深い闇の中に沈んでいった。

「……すみ、花純」
誰かが私を呼んでいる。

大きな手に肩を揺さぶられ、現《うつつ》へと引き戻された。

ぼんやりとした幸福に包み込まれて目を開けると、目の前には旦那様の顔がある。

ハッとして、急に意識が覚醒した。

旦那様はソファーの傍らに膝をつき、私を覗き込んでいる。

「ノックしたんだが、返事がなくて……。具合はどうだ」

「あ、あの、私……」

慌てて半身を起こすと、ふらついた身体を旦那様が支えてくれる。

その力強さに、揺れ動いていた心が穏やかになっていく。

「食事もしていないそうだが、まだ辛いか」

「いいえ、大丈夫です。あの……少し疲れただけで」

「ここ数ヶ月、忙しかったからな」

旦那様はそう言うと、唐突に私の首筋に手を当てる。

「あ、あの……っ」

咄嗟に身を捩った私の身体を押さえながら、旦那様が揺らぎのない表情を向けた。

冷たく美しい、端整な眼差しが咎めるように私を見据える。

「診察するから、少し大人しくしていろ。……熱はないようだな。リンパは……」

言いながら、旦那様は長い指先で左右の首の付け根を探っている。

息が掛かるくらい顔が近い。

心臓が破れるほど速いリズムで鼓動を刻む。

動揺する私に気づく素振りもなく、旦那様は今度は指先で手首の内側に触れながら腕時計に目を落とした。

無防備に伏せた長い睫毛に、自然に目を奪われてしまう。

「脈は少し速いが、問題ないだろう」

やがて顔を上げた旦那様は、そう告げると私の隣に腰を下ろした。

(どきどきしていたこと、気づかれていたらどうしよう)

触れられていた首筋や頬が熱い。

旦那様はただ、診察をしただけなのに。

ふと視線を向けると、テーブルの上には、鮭や昆布の乗った小さなおにぎりや卵焼き、葡萄や苺などの果物が美しく盛られたお盆が置かれている。

食事をしていない私のために吉岡さんが用意してくれたものだと気づき、心がホッと温かくなった。

「体調が悪そうだから見てこいと吉岡がうるさくてな。食べられそうか」

「はい。あの、旦那様は……」

「済ませてきたから、俺はいい」

旦那様はそう言うと、テーブルの上に置かれたティーカップに視線を向けた。

慌てて片付けようと手を伸ばすと、「危ない」と大きな手に手首を掴まれる。

そして私の顔を見つめると、長い指先でそっと目のふちに触れた。

「泣いてたのか」

「えっ……」

「目が赤い。今日は実家へ行っていたんだろう。何かあったのか」

旦那様の真剣な眼差しに気圧されて、思わず視線を逸らしてしまう。

俯《うつむ》いてしまった私から手を離し、旦那様はテーブルの上にあったティーカップの破片を一欠片、慎重に拾い上げて手のひらに載せた。

「これは?」

「あの……母の形見のようなものなんです。でも、壊してしまって……」

「……美しいな。『NANJOU』のもの?」

旦那様はそう言うと、割れたティーカップの欠片を宙に翳《かざ》す。

今となってはガラクタのような欠片なのに、それでも大切に扱ってくれることが嬉しい。

旦那様の気遣いに胸がいっぱいになり、私は黙って彼の指先を見つめる。

「少し食べて、今日はちゃんとベッドを使え。こんなソファーじゃ、疲れが取れない」

カップの欠片をテーブルに戻しながら、旦那様が私をふわりと見つめた。

意味ありげな視線に、二週間前このベッドの上で起こったことが思い出される。

あれ以来、旦那様がこの寝室に足を踏み入れることはなかった。

無言の拒絶なのだと、そう思っていた。

政略結婚の妻の役割を拒んだ、私への罰なのだと。

(跡継ぎを産むことだって、私の義務だ。だから許してもらえるなら、今日は一緒に……)

それに……今日はもっと、旦那様と一緒にいたい。

「あ、あの……旦那様も、ここで……。あの、私、今日はちゃんと……」

決死の覚悟で思いを伝えると、旦那様の綺麗な眼差しがゆっくりとこちらに向けられた。

とろみのある黒い瞳が私を捉え、侵食していく。

（この瞳に……きっと誰もが捕われてしまうんだ）

否応なしに引き寄せられながら、私はスイートルームで見た旦那様の姿を思い出す。

夜明けの空に溶けてしまいそうだった後姿は儚げで、それでいて見る人を引き寄せて離さない魅力に満ちていた。

あれから色んなことがあったけれど、私の中の旦那様の印象は、あの日から何ひとつ変わっていないのだ。

こんなにも無条件に誰をも惹きつけて離さない人を、私は知らない。

瞬きも忘れて旦那様を見つめていると、その綺麗な顔がフッと優しく緩んだ。

長い指が私の顎を捉え、そっと上を向かされる。

親指の腹が私の唇に触れ、ゆるゆると優しく撫でられた。

不意に与えられた刺激に唇が開くと、旦那様の大きな両手が私の頬を包み込む。

（キス……される）

鼓動が高鳴り、周囲から音が消えた。

高く整った鼻筋、強い印象を放つ瞳が伏せられ、ゆっくりと旦那様の顔が近づいてくる。

長い睫毛の向こうでうっすらと開く、流れるような黒い瞳が私を捉えた。

スローモーションのように目に映る一瞬一瞬が、この世のものと思えないほど甘美で狂おしい焦燥を連れてくる。

旦那様が放つ透明な糸で身も心も搦め捕られ、呆然と目を見開くことしかできないでいると、唇が触れ合うほどの距離で不意に旦那様の動きが止まった。

そして伏せていた目をくっきりと開け、私をジッと見つめる。

とても近い距離で目が合い、思わず息が止まった。

「煽《あお》ってるのか」

「えっ」

「そんなに見つめられたんじゃ……もう持たない」

旦那様はそう言うと、スッと身体を離した。

意味が分からず、私は思わず彼の腕に縋りつく。

すると旦那様は、私の手を取って指先に優しく唇を押し付けた。

その甘さに、頬がカッと熱くなる。

「……部屋に戻るよ。君も今日はゆっくり広いベッドで眠ること。これは提案じゃなく、命令だ。医師としても……君の夫としても」

「あの、私……」

（旦那様……どうしてキスを止めてしまったの？）

一抹の寂しさと、また粗相をしたのかとの不安がない交ぜになる私に、旦那様が鮮やかな笑顔を向けた。

初めて見る、その軽やかな笑顔に無意識に釘付けになる。

「おやすみ。穏やかに……いい夢を」

旦那様はそう言って私の額に唇を押し付けると、寝室を出ていってしまった。

パタン、と閉まったドアを見つめながら、私の心は理由の分からない切なさでいっぱいになるのだった。


「奥様、それではまた夕方お迎えにまいりますので」

「はい。ありがとうございました」

「何かあればすぐにご連絡下さい」

穏やかな笑顔を残して奈良岡さんが去ってしまうと、私は大きく深呼吸をして立派な門扉の前に立った。

翌日、私が急遽訪れることになったこの場所は、『清流庵《せいりゅうあん》』と名付けられた茶道、鷹司流の宗家だ。

鷹司流は旦那様の亡くなったお母さんの実家にあたる。

今は旦那様の伯父に当たる人が跡を継がれていて、結婚式でも簡単に挨拶を交わした記憶がある。

今朝、朝食の席で旦那様に『母方の祖父母が君に会いたがっているから、顔を出して欲しい』と言われ、急遽私ひとりでお邪魔することになった。

本来なら夫婦揃って挨拶すべきだが、忙しい旦那様に代わって取りあえず妻である私だけでもというのが、彼の考えらしい。

結婚して初の大仕事に、緊張から身体に震えが走る。

(すごくドキドキするけど、粗相がないように気をつけなきゃ)

指先が震えるのを堪えて呼び鈴を鳴らすと、すぐに若い着物姿の女性が門を開けてくれた。

彼女に案内された和室で待っていると、五分ほどして壮年の着物姿の男性が迎えに来てくれる。

「いらっしゃい、花純さん。遥己から聞いていますよ。さ、こちらへどうぞ」

さっぱりとした和服姿の中にも威厳が漂う、旦那様の伯父、鷹司啓継《ひろつぐ》さんは鷹司流の家元だ。

彫りの深い端整な顔立ちには、どこか旦那様の面影が感じられる。

彼に案内されて廊下を進むと、不意に明るく視界が開けた。

「わぁ、綺麗……」

廊下から広く見渡せる庭園には、美しい砂紋が清々しい箒目《ほうきめ》で描かれている。

神秘的にも感じる空間に言葉なく見惚れていると、伯父さんの顔に笑顔が浮かんだ。

「北条の庭に比べたら、質素でしょう」

「いいえ、このお庭もとても綺麗です。まるで水墨画みたい」

「枯山水《かれさんすい》といって、石と砂で自然を表現しているんです。時には自分自身をも一体化させるという、仏教にも通じる考え方ですね」

伯父さんは穏やかに言うと、また足を進める。

私たちが廊下を進む際にも着物姿の女性たちが忙しく行き交い、稽古の最中だということが窺える。

家元である伯父さんの手を煩わせてしまったのではと、不意に不安になった。

「急にお邪魔して申し訳ありません。お稽古中だったのではないですか」

「弟子たちがおりますので問題ありませんよ。それより花純さん、よく来て下さった。父や母も待ちかねております」

伯父さんの後を追って廊下をいくつか曲がると、やがて別棟に続く渡り廊下に行き当たった。廊下を渡り、今度は瑞々《みずみず》しい木々に溢れた庭が現れる。

「花純さん、ここですよ」

辿りついた部屋の前で伯父さんが正座した。慌てて隣に正座すると、彼は美しい所作で一礼し戸を開ける。

静けさの中で、一同が深く礼をする衣擦れの音がした。

広い部屋には、年配のご夫婦と伯父さんと同じくらいの女性、そして私より少し年上の女性が並んで座っている。

私も伯父さんに続いて部屋に入り、磨き上げられた紫檀《したん》の座卓を挟んで席に着いた。

「ご無沙汰しております。本日は突然お邪魔して申し訳ありません」

改めて一同に向かって頭を下げると、それぞれみんなが、笑顔で迎えてくれる。

「花純さん、結婚式では慌ただしかったので、もう一度紹介しますね。私の両親と妻の妙子《たえこ》、それに娘の棗《なつめ》です。もう一人息子がおりますが、今は稽古中で手が離せなくてね」

伯父さんに紹介され、旦那様のお祖父さんとお祖母さんがにこやかに口を開いた。

「花純さん、よく来て下さった。結婚式では遥己が邪魔をして話せなかったから、今日はお会いできて本当によかった」

「そうよ。あの子ったら、もったいをつけて……。花純さん、遥己は忙しいからって滅多に顔を見せないの。よかったら、ちょくちょく遊びに来てちょうだい」

お祖父さんとお祖母さんは口々にそう言うと、いそいそとお菓子やお茶を用意してくれる。

私も吉岡さんが用意してくれた手土産を風呂敷から出して差し出した。

「まぁ、ありがとう。今日はゆっくりしていってちょうだいね。そうだ、遥己の子供の頃のアルバムがあるはずだわ。誰か、持ってきてちょうだい。花純さん、こっちへ来てちょうだい」

お祖母さんの和やかな笑顔に心が癒される。

何より歓迎されていることが伝わってきて、温かな気分になる。

「今日はたくさん話をしましょうね。ふふ、本当に楽しみだわ」

「はい。私も嬉しいです」

お祖母さんに連れられて部屋を出ようとしたところで、伯父さんに声を掛けられた。

大切な仕事を思い出し、私は慌てて小さな紙包みを取り出す。

「あの、これを……」

紙包みの中身は、割れてしまったティーカップだ。

今朝旦那様に言いつけられた仕事は、実家に顔を見せることと、割れたティーカップを伯父さんに預けることだった。

意味が分からないままに来てしまったけれど、旦那様はいったい何をするつもりなのだろう。

伯父さんは包みの中を手早く検めると、大丈夫、というように小さく頷いた。

そして私に視線を向けると、笑顔を向ける。

「少し時間はかかるだろうが、手当はできそうだ。責任を持ってお預かりしますから、安心して下さい」

伯父さんはそう言うと、少し悪戯っぽい表情で私を見つめた。

「しかし、昨夜、遥己から連絡があった時は、本当に驚いたんですよ」

「えっ……あの……？」

「いや、遥己が金継《きんつ》ぎは洋食器でもできるのかって、すごい勢いで聞いてきてね」

「金継ぎ……ですか」

「ええ。日本に古くから伝わる修復技法です。割れたり欠けたりしてしまった陶磁器や漆器を漆で繋いでまた使えるようにする。傷を隠すのではなく、傷跡を景色として愛おしむ、日本の文化です。遥己が修理したい物があるというので、それならうちで茶碗の修理を頼むところがあるから聞いてみようかと言ったら、じゃあすぐにやってくれと言って聞かなくてね。で、こっちもお前の言うことばかり聞くわけにはいかないぞ、花純さんを早く連れてこないとジジババがお冠だぞ、と交換条件を出したんですよ」

伯父さんはそう話すと、感極まったように大きなため息をついた。

そしてもう一度私を見つめると、慈愛に満ちた表情で言葉を続ける。

「妹――遥己の母親は線の細い娘でね。北条みたいな大家に嫁ぐには弱すぎたんでしょう。無理がたたって亡くなったのは、遥己がまだ小学校にも上がらない頃でした。それ以来、遥己はあちらのお祖母さんに育てられたんですが、これがとても厳しい人でね。さぞかし息が詰まった暮らしだったんでしょう。すっかり気難しくなってしまってね。高校を卒業するくらいまでは稽古に来ていたんだが、大学に入ってからはこちらにもあまり寄り付かなくなってしまった。お祖母さんが亡くなった後も、それは変わらなくてね……。でも、花純さんが来てくれて、あいつは少し変わったようだな」

思いがけない伯父さんの言葉に、私は大きく頭を振る。

「そんなはずありません。私、あまり遥己さんのお役に立てていないんです。だから、もっと頑張ります。お役に立てるようもっともっと努力します」

私の言葉に、伯父さんが小さく笑った。

何もかも受け入れてくれるような、優しい笑みだった。

「努力なんてする必要はありません。ありのままでいい。花純さんは今まで生きてきた花純さんのまま、遥己の側にいてくれればいいんです」

「ありのままで……」

「ええ。金継ぎは傷跡を隠すのではなく、傷跡を愛おしむ文化だと言ったでしょう。今日預かったこのカップも、傷跡をなかったことにするのではなく、継ぎ目を金や銀で装飾して新しい命を吹き込むんです。割れてしまったことすら、愛おしさの理由になる。大切なものは、どんな姿でも愛おしいものなんですよ」

お祖母さんが私を呼んでいる。

伯父さんが「遥己をよろしく」と小さな微笑みを残して部屋から出ていった。

伯父さんの旦那様に対する愛情の余韻が、ふわりと私を包み込む。

大切な何かを教えてもらった気がして、私はその想いを、ぎゅっと心の中に閉じ込めた。

鷹司家での楽しい時間は、あっという間に過ぎていった。

また訪れる約束をして後ろ髪を引かれるような気持ちで帰宅し、吉岡さんに鷹司家の人たちの様子を報告する。

「みなさん、お元気でしたか」

「はい。吉岡さんや北条家のみなさんに、くれぐれもよろしくお伝え下さいとのことでした」

そう明るく告げると、吉岡さんは何故かしんみりした口調で言う。

「奥様があちらにご挨拶に行って下さって、本当にようございました。旦那様はあちらにあまり足を運ばれませんから、奥様がお伺いになればさぞ慰めになりましょう」

「旦那様はどうして行かないのですか。お祖母さんやお祖父さんもいらっしゃるのに」

鷹司家の人たちはみんな優しく穏やかで、何より旦那様のことをとても気にかけている。

そんな人たちとの関わりを、旦那様は何故避けようとするのだろう。

「……さあ。よくは存じませんが、何かご事情がおありになるのかもしれませんね」

吉岡さんはそう小さく呟くと、「お夕食に致しましょう」とキッチンへ行ってしまう。

私も、洋服を着替えるために寝室へと向かった。

(今日は本当に楽しかった……)

クローゼットルームで部屋着に着替えながら、私は楽しかった時間を思い返す。

あれから、お祖父さんやお祖母さん、妙子さんや棗さんと一緒に古いアルバムを見たり、お茶やお菓子を頂いたりして数時間を過ごした。

特に嬉しかったのは、子供の頃の旦那様を見ることができたこと。

まるで女の子のような愛くるしさだったけれど、黒い瞳に宿る利発さと鋭さが、今にその面影を伝えていた。

(旦那様、すごく可愛かったな……)

写真で見た旦那様のお母さんも、一度見たら忘れられない、とても綺麗な人だった。

仲良く並んで写真に写る美しい親子は笑い方までよく似ていて、慈しむように我が子を見つめる眼差しに胸が締め付けられた。

(でも……旦那様とお母さん、本当によく似ていたな)

特に似ているのが黒髪と眼差しで、誰もが惹きつけられる旦那様の魅力は、お母さんから受け継がれたものなのだと感じる。


急な会食が入ったと旦那様から連絡が入りひとりで夕食を済ませると、吉岡さんたちに挨拶をして早めに寝室に戻った。

入浴を済ませてソファーに背を預けると、自然に鷹司家の人たちの優しい笑顔が浮かんでくる。

(今日は旦那様にたくさん報告することがある。それに、ティーカップのお礼も言わなくちゃ)

テーブルの上には、鷹司家からお土産に持たされた干菓子や琥珀糖など可愛らしいお茶菓子が、塗りのお盆にちょこんと盛られて置かれている。

帰宅後、みんなで食べようと吉岡さんに渡したら、『旦那様とおふたりでお休み前にでもお召し上がり下さい』とこのお盆を渡されてしまった。

私と旦那様は一緒に夜を過ごす間柄ではないけれど、今夜は鷹司家でのことを報告しながら、一緒に可愛いお菓子を味わえたら……と密かに思う。

(旦那様、何時頃に帰ってくるんだろう)

時刻はすでに午後十時過ぎ。

まだ眠るには早い時間だけれど、たくさんのことがあったせいか油断するとまぶたが落ちてくる。

小さなあくびをひとつすると、私はソファーの上に横になった。

(お母さんのティーカップ、どんな風に直してもらえるんだろう)

割れてしまった姿を見るのは辛かったけれど、その辛さすら愛おしさに変わるという伯父さんの言葉が、胸に冴え冴えと蘇ってくる。

大切なものなら傷跡すら愛おしさの理由になる、粉々に砕けてしまった過去すら新しい命の源になると。

(それなら……傷物の花嫁だった私も、いつかその傷が新しい何かに繋がるんだろうか)

傷物で、お金のために愛のない結婚をした私にも、いつか本物の愛が訪れるのだろうか。

そんな想いが胸を過り、ハッと我に返る。

(馬鹿ね、私ったら何を考えてるの)

身のほど知らずな願いを思い浮かべた自分を叱り、私は身体をギュッと抱きしめる。

お見合いの日、旦那様は私に愛を求めるなと言った。

それが南条を助ける、政略結婚の条件だと。

旦那様にとって私は、北条家の家督を継ぐためにお金で手に入れた道具に過ぎないのだ。

本物の愛なんて、訪れるはずもない。

ふと脳裏に、昨夜の危ういひとときが蘇る。

甘く私に触れ、射貫くような眼差しを向けられたあの瞬間。

(でも……旦那様は、部屋へ帰ってしまった)

彼の黒い瞳に捕えられ、その腕に溺《おぼ》れてしまいたいと願った自分を、本当に愚かだと思う。

(旦那様にとって私は、北条家の体裁を守るための妻に過ぎないんだ)

逃れようのない事実を目の当たりに感じ、ふわふわと浮足立っていた心が萎んでいく。

（最初から分かっていたことじゃない。今さらこんなことを思うなんて、私は馬鹿だ）

知らぬ間に理不尽な涙が溢れ、まつ毛を濡らした。

ぎゅっと目をつぶり、聞き分けのない感情をやり過ごす。

（でも……ティーカップの修理を頼んでくれたお礼は、ちゃんと言いたい）

旦那様のお蔭で、大切な宝物をまた愛おしむことができる。

旦那様にとってはただの気まぐれかもしれないけれど、こうして気遣いをしてもらえるだけで十分だ。

（自分に与えられた役割をきちんと果たそう。きっとそれが、旦那様の望んでいることだ）

心でそう誓いながら、いつしか私は眠りの深い森に落ちていった。

ふわふわと身体が浮く感覚に目が覚めた。

まぶたを開けると、私をベッドに下ろそうとした旦那様と目が合った。

「悪い。起こしたか」

「あ……私、寝てしまって……」

「ベッドで休めと言っただろう。いつまでもあんなところで寝ていたら、また体調を崩すぞ」

旦那様はベッドの端に腰かけると、仰向けに寝ている私を覗き込む。

正面から見下ろす黒曜石のような眼差しに吸い込まれてしまいそうで、慌てて起き上がった。

旦那様はすでに入浴を済ませたラフな姿だ。

シンプルな白いTシャツから覗く腕にはほどよく筋肉がつき、首筋から肩にかけてのラインはまるで彫刻のように美しい。

加えてまだ濡れたままの黒髪が額に掛かり、旦那様の印象的な眼差しをミステリアスに縁どっている。

男性経験のない私にも分かる凄絶な色気に、全身がざわりと粟立った。

「顔が赤いな……熱は？」

「い、いえ、熱は……」

「いいから、大人しくしろ」

旦那様は眉根を寄せながら距離を取ろうとする私の腕を強引に掴み、もう片方の手で首筋や背中に直接触れた。

動揺と恥ずかしさで、頬や首筋が熱を持つのが分かる。

旦那様はひとしきり熱やリンパを確認すると、やがてフッと表情を緩めて手を離した。

「大丈夫、リンパの腫れも熱もない」

ホッとしたように笑う旦那様に心惹かれながらも、一滴《ひとしずく》の寂しさが胸に落ちる。

肌に触れていた、旦那様の指先の温もり。

触れられれば心臓が苦しいのに、離れれば寂しい気持ちが胸を満たす。

心より深い場所で、何かが弾けたいと疼いている。

自分の中に芽生えた説明できない感情が怖くて、私はわざと明るい笑顔を旦那様に向けた。

「今日、鷹司家にお伺いしてきました」

「ああ。俺の方にも伯父さんから連絡があった。花純に会えて、みんなたいそう喜んでいたそうだ」

（花純……旦那様、今花純って言った？）

不意に名前を呼ばれて、胸の奥がキュンと疼く。

動揺でまた顔が赤くなったけれど、旦那様は澄ました顔をして続けた。

「それに、花純の袱紗捌《さば》きが美しいと伯父が褒めていたぞ。茶道はいつからやっていたんだ？」

「亡くなった母が茶道をしていたので、物心がつく前からお稽古には同席していました。きちんと習ったのは小学校に入学してからです。それから、大学を卒業するまでお稽古に通っていました」

私が習っていたのは宗家の中でも真っ先に名前が出る大きな流派だ。

ずっと母が師事していた社中で稽古を続けていたけれど、就職して仕事を始めてからは時間がなく、足が遠のいていた。

それにここ一年ほどはハウスキーピングのアルバイトもあり、月謝を払う目途も立たなくなって私は稽古を辞めた。

可愛がってもらった先生に不義理をしてしまったことが、今でも心残りだ。

（先生、お元気だろうか……）

黙り込んでしまった私に気づき、旦那様の眼差しが気遣うように私を見つめる。

「花純、鷹司流で稽古をする気はないか？」

「えっ……お稽古ですか」

「ああ。今日伯父から連絡があった時に、強く誘われてね。どうやらみんな君にもっと会いたいらしい。それに、茶道の素質もあると伯父も太鼓判を押している。……どう？　やってみるか」

旦那様の言葉に、心が弾けそうに膨らんだ。

楽しい時間を過ごさせてもらっただけではなく、そんな提案までしてくれていたなんて。

鷹司家の人たちの思いやりが嬉しくて、思わず旦那様の腕を掴んでしまう。

「私、やりたいです。旦那様が許して下さるなら」

「許すも何も……。やりたいことは何でもやっていい。それなら明日にでも伯父に連絡をしておく」

「はい！　ありがとうございます！」

旦那様に向かって強く頭を下げると、俯いた旦那様の頭にタイミング悪くぶつかってしまう。

ごつっ、と鈍い音がして額に痛みが走った。

「……っ」

「あっ、あのっ……ごめんなさ……！」

「うっ……」

旦那様は額の辺りを押さえてベッドに倒れ込んでいる。

「旦那様っ……旦那様……！」

何度呼んでも彼は倒れ込んだままだ。

青くなって彼の身体に縋りつくと、次の瞬間強く腕を引かれて身体を入れ替えられた。

「きゃ……」

見上げれば、旦那様が悪戯っぽい笑顔を浮かべて私を見下ろしている。

「だ、騙したんですか!?」

「簡単に引っかかる方が悪い」

「酷い！　本気で心配したんですよ!!」

憤慨して足をばたつかせると、旦那様が笑いながら腕を引いて起き上がらせてくれる。

そのうちとけた笑顔に、胸がキュンと音を立てた。

(こんな旦那様初めてだ。何だか……すごく嬉しい)

騙されたことには腹が立ったけれど、何だか旦那様との距離が一気に縮まった気がして心が弾む。

「それじゃ、稽古のことは伯父さんに頼んでおく。詳しいことはまた伝えるようにするから」

「はい。ありがとうございます。……そうだ。旦那様、お菓子を食べませんか」

鷹司流で始める稽古に胸膨らませながら、お土産に貰ったお菓子のことを思い出して私は慌ててベッドから下りる。

干菓子の乗ったお盆を運んでくると、旦那様の顔に穏やかな笑みが浮かんだ。

「懐かしいな。この干菓子、よく稽古で出てきた」

「ふふ。これ、美味しいですよね」

「茶花の名がついていたな。……〝二人静〟だったか。確か、うちの庭にもあるはずだ」

小さな珠を半分にして紅白の色を付けた干菓子は、和三盆という砂糖を原料にした可愛らしいお菓子だ。

お茶菓子としては定番で広く使われ、私にも昔からなじみがある。

キャンディの包みを解くように薄い和紙を広げると、ころんとした紅白の半球が現れる。

対になった紅白の半球を合わせて小さなひとつの珠となる仕組みだが、その由来も込めて二人静という名前がついているのだろう。

二人静は五月に咲く山野草で、葉の中心から伸びた二本の花穂が寄り添って咲くことから、能楽の『二人静』にたとえられてこの名がついたそうだ。

美しい白拍子の静御前《しずかごぜん》と義経の悲恋は有名だけれど、この小さな茶菓子にもそんなふたりの切なさが感じられて、とてもロマンティックな気分になる。

私はその白い方の半分を摘《つま》んで、口に入れた。

和三盆特有のすっきりした甘さが、口の中でふわりと蕩ける。

「美味しい。旦那様もどうぞ」

「俺はいい。甘いものはあまり好きじゃない」

「でも、お祖母さんが『これは遥己が好きだったから』って、せっかく持たせて下さったんですから」

残ったピンクの半分を摘んで差し出すと、ベッドの上に肘をついて横になっていた旦那様がうっすらと口を開けた。

意表をついた反応に、干菓子を持つ手が一瞬止まる。

（えっ、これって、食べさせてってこと……？）

思いもよらないシチュエーションに、胸の鼓動が急速に高まった。

けれど旦那様は、いつものように一分の隙もない冷静な表情だ。

自分だけが動揺するのも不自然だと思い直し、平静を装って干菓子を旦那様の口元に運ぶ。

（それにしても旦那様、どうしてこんなに私をジッと見るんだろう。ただでさえ緊張するのに、ドキドキして指が震えちゃう）

何故か目を逸らさない旦那様に辟易しながらようやく干菓子を唇に滑り込ませると、小さな菓子を受けると同時に、私の指先が彼の熱い舌に触れた。

私を射るようにとろみのある黒い瞳が強く煌めき、獲物を狩る獣のような緊張感が、旦那様を包み込む。

（あっ……）

経験したことのない緊迫感に怯んだ瞬間、旦那様から張りつめた気配が消えた。

そして何事もなかったように、薄い唇が味わうように動く。

「ああ、こんな味だったな」

「……優しい味ですよね。何だか懐かしい」

「ああ。でも俺は、やっぱり半分が限界だ」

旦那様はそう言うと、懐かしそうに干菓子を手のひらに載せる。

どこか危うく、でも優しく。切なささえ感じる旦那様の表情に、私の知らない彼の一面を見た気がして胸の奥が騒がしく揺れる。

「あの……それと旦那様」

「何だ」

「母のティーカップの金継ぎのこと、本当にありがとうございます」

ずっと伝えたかった感謝の言葉を口にすると、旦那様の視線が流れるように私に移動した。

「直してもらえそうだったか」

「はい。伯父さんが、これなら大丈夫だろうって」

「そうか。よかったな」

旦那様は優しく微笑むと、何事もなかったように視線を落とし、長い指先でまたお菓子を弄んでいる。

そのさり気ない優しさが、胸に沁みた。

「金継ぎは傷を隠すのではなく、傷跡を景色として愛おしむ日本の文化だと教えて頂いて、とても勉強になりました」

「あの家には古い茶碗がたくさんあって、割れても欠けても、また新しい姿で茶会に出てくる。それを何度も見ていたからな。花純のお母さんのティーカップも、また新しい姿に生まれ変わるんじゃないかって、そう思っただけだ」

——新しく、生まれ変わる。

旦那様の言葉が、胸に響く。

「伯父さんがおっしゃっていました。割れてしまったことすら愛おしさの理由になるって。大切な物ならどんな姿でも愛おしいって」

私の言葉に、旦那様がゆっくりと微笑んだ。

そして身体を起こして手を伸ばすと、私の頬に触れる。

身を屈めて髪を耳に掛け、真剣な顔で何かを確認すると、形のいい唇がふっと緩んだ。

「もう、ほとんど消えてしまったな」

「えっ……」

「……いや。何でもない」

旦那様はそう言うと、耳に掛けた髪を元に戻してくれる。

さらりと落ちた私のストレートの黒髪が、旦那様の長い指先に絡み付いては解けていった。

君は大切な俺の妻～遥己side～

花純に早く眠るように促し、後ろ髪を引かれる思いで寝室を後にした。

パタン、と音を立てて背後でドアが閉まり、それまで漂っていた甘い花純の匂いが、跡形もなくて消えてしまう。

まるで空気が抜けるように胸を満たしていた幸福が惨めに萎み、心の中が空っぽになったような気持ちになる。

(我ながら……分かりやすい感情だな)

無防備にベッドで戯れる彼女にどうしようもなく惹きつけられ、結んだ夜着のリボンを艶めかしく思った。

祖母の土産だと必死で菓子を食べさせようとする細い指先がいじらしく、ひとたび触れれば彼女が欲しくてどうしようもなかった。

あと少し何かが起これば決壊してしまいそうな熱情が怖くて、青臭い子供のような真似をして欲情を誤魔化したのだ。

十近く年下の妻に何をしているのかと情けない気分にもなるが、やみくもに花純を怖がらせるよりずっといい。

彼女をこんなにも愛しく思いはじめたのは、いつからだろう？

見合いで思いやりのない俺の要求を、涙を堪えて受け入れようとした時？

それとも、土下座も厭わない覚悟を俺に見せつけた瞬間だろうか。

さっき見た可憐な笑顔を思い出しながら、俺はそのどれもが当たっていて、そのどれもが違うのだと悟る。

たぶん、俺はもう愛しはじめていたのだ。

あの日、明け方のスイートルームで、花純と出会った時から。


「旦那様、今度のお相手は南条家のお嬢様です」

約三ヶ月前のある朝、食後のコーヒーをテーブルに置きながら吉岡が言った。

「南条家？」

「はい。南条家は日本を代表する洋食器メーカー『ＮＡＮＪＯＵ』を生業とした、旧華族のお家柄。お相手のお嬢様はご長女で、今年二十四歳におなりになるそうです」

吉岡は澄ました顔でそう言うと、シュガーポットをカップの傍らにそっと引き寄せる。

南条家と言えば、かつて我が家とも深い繋がりがあった旧家だ。

けれど最近は以前の隆盛はなりをひそめ、欲どおしい親戚連中の話題にも滅多に上《のぼ》らない。

聞いた話によると、先妻を病で亡くした後に娶った後妻がとんでもない浪費家で、過分な贅沢三昧で家業を揺るがしその内情は火の車だと聞く。

今さら南条家と縁を結んでも、北条には何のメリットもない。

「どうして南条家と縁談を？」

「存じ上げません。ただ今回のお話は、西園寺《さいおんじ》の大奥様からのご紹介だと伺っております」

西園寺家は旧華族の中でも格上の六摂家に属し、今でも政財界のフィクサーとして名を馳せている。

旨味のない凋落《ちょうらく》した相手との縁談であっても、西園寺家が絡んでいるなら断らない方がいい。

「西園寺家の紹介なら、無下には断れないな」

コーヒーをすりながら、無意識にため息を漏らした。

こんな不毛な見合いを、何故幾度も繰り返さねばならないのか。

父が亡くなって、病院勤務の上に事業の引き継ぎまでやらねばならないのだ。

父は家庭を顧みる人ではなかったが、医師や事業家としての資質は優れていたのだろう。

北条家は代々医業に携わる家系だったが、父の代で健康リゾートや福祉事業に参入し、その地盤はさらに揺るぎないものとなった。

今では数多《あまた》の系列企業を持つ日本有数の企業だが、父から譲り受けたそのすべてを統括する立場は、想像以上に多忙で神経を使う。

生前の父は息子に分かりやすい愛情を注ぐ人ではなかったが、父の背中を見て学んだことは数多くある。

時にはわざとらしく間に人を挟んで外で学ぶ機会を与えられることもあり、思い返せばそれが父の自分に対する愛情の形だったのだと、今になって感慨深く思う
亡くなる前には親戚に俺の後見を頼んでいたというし、母が亡くなってから独り身を通した父にとって、忘れ形見の俺の存在はそれなりに大切なものだったのだろう。

しかしただでさえ多忙な毎日なのに、この上縁談まで纏めろだなんて、うっとうし

いにもほどがある。

「結婚が信用に繋がるなんて、いつの時代の考え方なんだ。まったく、親戚連中も暇だな」

「ぼっちゃま、あまり辛辣な物言いはお控え下さいませ。また『北条家の御曹司は獣同然だ』などと、不審な噂が広がっては困ります」

「俺のことだけじゃないだろう。巷《ちまた》では北条家には鬼や妖怪が住んでいると言われているらしいし。それ、吉岡と奈良岡のことだろう？」

先般からの見合いで、我が家の評判は地に落ちている。

持ち込まれた見合いの相手はいずれも良家の令嬢だったが、みんな世間知らずで手のかかる、何もできないお嬢様ばかりだった。

中にはこちらに一方的な想いを寄せる令嬢もいたが、これればかりは片方が納得すれば纏まるものでもない。

愛してくれと言われても、応えられないとしか返答できない。冷たいと言われても、人の気持ちは簡単に操れないものだ。

先方の希望で『花嫁修業がてら家の中を見学したい』と言い出す輩もいた。

仕方なく吉岡や奈良岡に預けて仕事を手伝わせてみれば、一日二日で泣きながら逃げ出す始末だった。

獣だの鬼だの妖怪だの……いったい何故こんなに物騒な噂が広まってしまったのか。

父が亡くなった後、この屋敷に住んでいる血族は自分一人だ。

大勢いる使用人のほとんどは通いの者たちで、住み込んでいるのはこの吉岡と父の運転手だった奈良岡だけ。

俺が子供の頃から面倒を見てくれているふたりは、俺にとって家族も同然だ。

自分はどう言われても構わないが、一度や二度会っただけの相手にふたりを悪く言われるのは我慢がならない。

「旦那様、こちらが先様の釣書でございます。お検め下さい」

吉岡がテーブルの上に置いた白い封筒を、憂鬱な気持ちで手に取った。

便箋を検めると、恐らく代筆のやや癖のある文字で相手の経歴が綴られている。

特に心に留める事由もなく、便箋を繰った。

すると紙の間に挟まっていたのか、一枚の写真が床の上に落ちる。

何気なく拾って、手に取った。

（あれ、この子……）

二十代前半の女性が、白い襟のついた紺色のワンピースを着て満開の桜の木の下に佇んでいる。

ありきたりな、スナップ写真がたった一枚だけ。

今までの令嬢たちはプロのカメラマンに頼んだ商材のような写真を何枚も釣書に付けていたから、それだけでもずいぶん印象が違う。

けれど俺が引っかかったのは、そんな表面的なことではなかった。

(どこかで……会ったことがあるような気がする)

さっきは読み飛ばした釣書を繰り、もう一度じっくり目を落とした。

名前、年齢、職業……。

けれどどれをとっても、俺と重なる部分など見当たらない。

気のせいかとも思ったが、やはり何かが引っかかる。

それに俺は経験上、自分のこんな感覚が本質をつくことをよく分かっていた。

彼女に感じる、予感と直感。

「南条花純……か」

俺はもう一度、写真に写る女性を見つめる。

さらさらした黒髪を靡《なび》かせて微笑む、清楚な女性。

その可憐な姿に予感めいたものを感じながら、釣書を元に戻す。

「お見合いの日時は、来週の週末でようございますか」

「ああ。予定しておく」

「それでは、いつものようにご用意下さいませ」

そう言いながら吉岡の顔に不敵な笑みが浮かんでいるのを、その時の俺は気づきもしないのだった。


翌週の週末、南条家との見合いが行きつけの料亭で行われた。

見合いはいつものように茶会形式。

俺が亭主として茶を点《た》て、相手をもてなすという趣向だ。

こんな茶番はもうたくさんだと何度言っても、吉岡は『こういう場の振る舞いで人の本質が分かる』と、頑として止めようとしない。

うんざりしながら仕方なく袴を身に着け、いつものように茶道口から茶室に入った。

そして、花純に会ったのだ。

花純は手前をする俺を、瞬きもしないでじっと見つめていた。

大きな二重を見開き、紅を差した唇をうっすらと開けて。

（そうか。彼女はあの時の……）

そう気づき、俺の脳裏に夜明けの月が浮かんだ。


それは、見合いから二ヶ月ほど前の出来事だった。

父が亡くなって初めての大きな商談を控え、俺は普段から利用しているホテルのスイートルームで、最後の調整をしていた。

一段落したのは、もう夜が白々と明けはじめた頃だ。

時刻は午前四時を回ったところだろうか。

（そろそろ、ハウスキーピングを頼まないと）

商談の相手は、米国の巨大ホテルチェーンのオーナーだ。

時差の関係で早朝に空港に到着するため、ここで朝食を摂りながら会談することになっている。

纏まれば莫大な利益が得られる案件だけに、ぴりぴりと神経が尖り切っていた。

マイナスのリスクはできる限り排除したい。

そんな気持ちでフロントに連絡すると、あらかじめ早朝のハウスキーピングを依頼していたためか、対応はごくスムーズだった。

『十分後に伺います』

そしてしばらくしてやってきたのが、彼女だ。

まだ早朝と言える時間だったから、チャイムを鳴らされる前に部屋のドアは開けておいた。

仕事の邪魔をしないようにテラスに出ると、俺は部屋に背中を向けて上空に視線を馳せる。

明け方の空には冴えた月が、白く上っていた。

「失礼致します」

背後で声が聞こえたが、俺は振り向きもしなかった。

そもそも、彼女がどんな女性なのかを俺は何も知らなかった。

知っているのは、その仕事ぶりだけだ。

それまで何度か、彼女が整えた部屋を使ったことがあった。

その最初の瞬間から、何かが違っていたのだ。

ただベッドメイクを、部屋を整えるだけなのに、担当する人間でこんなにも違いがあるなんて最初は信じられなかった。

けれど彼女が整えれば、部屋全体が美しく魅力的になる。

整っていて欲しい場所が寸分たがわず美しく、もう少し種類があればいいと思う物が的確に揃っている。

今まで多くのホテルを利用してきたが、ここまで行き届いたホスピタリティを、俺は知らなかった。

何より、部屋を使う側への思いやりが彼女の仕事には満ちている。

今度はいったいどんな魔法を使うんだろう。

彼女が仕事を終えるのを待ちながら、訳もなく心が高揚していたことを覚えている。

それから三十分ほどが過ぎただろうか。

フッと背後に気配を感じて振り返ると、リビングのドアの陰にハウスキーピングの制服を身に着けた彼女が立っているのに気づいた。

すらりとした身体に小さな白い顔。

長い髪を後ろでひとつに束ねているせいで、愛くるしい顔立ちがはっきりと分かった。

（彼女だ）

俺を感心させたハウスキーパーは、想像よりずっと若い女性だった。

まだ幼さの残る、清潔感のある姿形。

何より、問いかけるように見開かれた大きな瞳に惹きつけられた。

ようやく出会えた。

彼女と話がしたい。彼女を……もっと知りたい。

そう思って足を踏み出そうとした時にはもう、彼女は部屋を去っていた。

その彼女が、今まさに目の前に座っている見合い相手だ。

あまりに数奇な運命の巡りあわせに、俺は少し混乱した。

いくら南条家が凋落しているとはいえ、その直系の令嬢がハウスキーピングの仕事をしていたのは何故だ。

それに釣書には、家業である『ＮＡＮＪＯＵ』で事務の仕事をしていると記《しる》されてあったはずだ。

（まさか、仕事を掛け持ちしていたのか……？）

南条家はこの縁談の代償に、家業の援助を要求している。

こんなケースは初めてだが、もしやハウスキーパーとして俺の目の前に現れたのも何らかの布石だというのか。

（いや、それは違う。そもそも今回の見合いは、西園寺が繋ぎ合わせたものだ）

様々な考えが浮かんでは消えたが、茶せんを取る段になってハッと我に返る。

（今は手前中だ。まずはこの一碗に集中せねばならない）

この場に座る者の本懐を思い出し、俺は深呼吸して背を正した。

亡き母の実家は、茶道鷹司流の宗家だ。

幼い頃から稽古をしてきた鷹司流は、各宗派の中でも精神性を重んじることで知られている。

茶会の心得は一期一会。

どんな小さな一席でも、決しておろそかにしてはならない。

脳裏を埋め尽くす雑念を振り払い、俺は一心に手前に向き合う。

やがて一碗目の茶が点ち、半東役の吉岡が、正客である花純の父親の前に運んでくれた。

南条家の当主である彼女の父親は無駄のない清々しい作法で茶を味わい、思慮深い態度でこちらを労ってくれる。

悪人ではない、そう確信したが、その後俺は、花純の置かれている過酷な実情を知った。

幼くして母親を亡くし、どうやら義母に疎《うと》まれて育ったこと。

不可解な顔の傷。

義母の画策で理不尽にも実家のために金で売られるというのに、当の花純には潔い覚悟があった。

そのどれもが痛々しく、愛おしいとすら感じた。

薄っぺらい同情なのか同気《どうき》相求《そうきゅう》だったのか——今となっては分からない。

——君が俺の妻になるなら、南条家が望むままの援助を与えよう。それに君にも、北条家を司る者の妻の座をくれてやる。しかしそれだけだ。間違っても俺に愛なんて求めないでくれ——。

愛なんて不確かなものに振り回されるのはごめんだ。

どんなに愛しても、母も、あの子も運命に奪われてしまった。

残された方だって、愛する人を失ってもすぐにその代りを見つけて何事もなかったように暮らしていく。

花純の父親だってそうだ。

いつだって犠牲になるのは、力を持たない弱者。

誰にも顧みられない弱い雛《ひな》は、狡猾な獣の餌食となるしかないのだ。

だから俺は、あの欲深い継母の条件を呑んだ。

弱いものを盾に私腹を肥やそうという継母の魂胆が許せなかったからだ。

花純を俺のものにすれば、もう誰にも手出しはできない。

鋭い爪で引き裂かれた頬に化粧を塗り込め、土下座して身売りをするような真似はしなくていい。

でも……結局俺は間違っていた。

いくら結婚したからといって、花純は俺のものではなかった。

それに、北条の妻の座に飛びつくような女性でもなかったのだ。

『ぼっちゃま、奥様が台所仕事を手伝うとおっしゃってお聞きにならないのですが……』

結婚式の後、出張先のアメリカに吉岡から電話が掛かってきたことがあった。

吉岡が困惑する通り、邸の家事はそれぞれ係りの者がいるから、本来なら花純の仕事ではない。

彼女は北条家の跡を継ぐ俺の妻。

本来なら、使用人を統括する立場だ。

『家の管理や季節ごとの行事は覚えて頂きたいですが、お食事のご用意までとなると行きすぎかと……。目を離すとすぐに何かをお始めになるので、少しも目が離せません』

『みんなの邪魔になるなら、俺が言って止めさせる』

『いいえ。逆にとてもよく気が働かれて、とても助かっているんです。それに何より、お仕事が早くて……。奥様をこんなに働かせて旦那様に叱られないかと、みんなそれを一番心配しております』

電話の向こうで、吉岡が困ったようにため息をついている。

邸のみんなを困らせるほどの花純の働きぶりに、思わず苦笑した。

『分かった。それじゃ、みんなの迷惑にならない程度に好きなようにさせてやってくれ』

『かしこまりました』

『でも、無理はさせるな。……手間を掛けるが、頼む』

もしかしたら花純は、北条の家の中に自分の居場所を作ろうとしていたのかもしれない。

彼女のそんな頑張りに、吉岡も奈良岡も次第に心を開いていった。

でも俺は……頑なに縮こまった心を誰にも開こうとはしないままだった。

――北条の本家の嫡男は俺ひとりしかいない。後継者……つまりは、子供を作るのも跡継ぎたる俺の役目だ――。

跡継ぎを作ることなんて、相手さえいれば簡単にできる。

花純と出会うまで、本気でそう思っていた。

でもあの夜、泣きながら俺を受け入れようとした花純を見て、そうじゃないことに気づいた。

赤ん坊は……子供は、想い合うふたりから生まれてこなければならない。

愛に包まれて育てられなくてはならないのだ。

そんな当たり前のことに気づいて、俺は彼女との関係に思いを馳せるようになった。

「あ、あの……旦那様も、ここで……。あの、私、今日はちゃんと……」

あの日、花純は泣きはらした顔で、縋るように俺を見つめた。

彼女を追い詰めたのは、紛れもなくこの俺だ。

割れたティーカップのことも……彼女が抱え切れない重荷を抱えているなら、少しでも支えになりたい。

俺ができることなら、何だってしてやりたいのだ。

だからもっとゆっくり、彼女の心を開かせたい。

身も心も俺を受け入れる気持ちになってから、彼女に愛を注ぎたい。

でも……さっきは本当に危なかった。

無防備にうたた寝をしていた花純からは風呂上がりの清潔な匂いがして……思わず彼女を抱きしめ、そのすべてを自分のものにしてしまいそうになった。

焦げるような激情にため息をつき、俺は書斎のベッドに力なく腰を下ろす。

——傷を隠すのではなく、傷跡を景色として愛おしむ日本の文化だと教えて頂いて——。

伯父が花純に伝えた金継ぎの文化は、そっくりそのまま鷹司流の心でもある。

割れても欠けても、また新しい姿で生まれ変わる。

ティーカップも、花純自身も、たとえ傷ついてもそれすら愛しさの理由になるのだ。

生きてさえいれば、人は何度でもやり直せる。

頬に傷を負いながらも、紅い振袖を着て俺の前に現れた彼女は美しかった。

心配そうに味噌汁を飲む俺を見つめる顔も、震える手でネクタイを締める幼気な眼差しも、どうしようもなく胸が疼いて堪らないのだ。

（いつか、花純にもあの子のことを話せればいい……）

遠い記憶を胸に秘め、俺は二人静の花に思いを馳せた。

初めてのデートは波乱含み

「旦那様、こちらが西園寺の大奥様から届いております」

十一月も後半に差し掛かったある日、朝食の席で吉岡さんが一枚の封筒を旦那様に差し出した。

食事を終えた旦那様が白い封筒を検めると、中にはチケットが二枚入っている。

その一枚を取り出して目を走らせると、旦那様は吉岡さんに視線を向けた。

「顔見世興行のチケットか。これを西園寺さんが？」

「はい。お礼のお電話を差し上げたところ、是非奥様とご一緒にお出かけ下さいとおっしゃって。おふたりと過ごされた時間がとても楽しかったと、たいそう喜んでおいででした」

西園寺家の大奥様は、南条家と北条家の縁談を纏めた仲人だ。

何でも、若い頃から数々の縁談を纏めている、その道では有名な人らしい。

高齢のため結婚式に出席して頂けなかったので、先日旦那様とふたりでご挨拶に伺ったのだが、博識で明るい性格の大奥様と思いがけず会話が弾んでとても楽しいひとときを過ごさせてもらった。

大奥様の優しい眼差しを思い出し、胸がホッと温かくなる。

「今週末……千秋楽の桟敷席なんて、よくとれたな」

「西園寺家では、毎年恒例で観劇されていらっしゃるようです。今年は是非、北条家の若夫婦にも楽しんで欲しいとおっしゃっておられました」

「そうか。大奥様直々のお気持ちなら、断ることはできないな」

旦那様はそう言うと、私にちらりと視線を向ける。

「歌舞伎は……興味はあるか」

「はい。最近は遠のいてしまいましたが、大学生の頃は専攻の関係でよく観ていました」

大学の専攻を日本語日本文化学科に選んだ私は、その関連もあって在学中に歌舞伎や能、文楽など多数の伝統芸能を鑑賞する機会に恵まれた。

中でも気に入ったのが歌舞伎鑑賞で、客席の遠い学割の席だったけれど同じ演目に何度も足を運ぶほど熱中した。

社会人になってからは南条の生活を維持するために働きづめで、そんな余裕はまるでなかったけれど。

「それじゃ、一緒に出かけよう。何とかスケジュールの調整をするから、花純も予定しておいてくれ。せっかくの好意だ。ありがたく受け取ることにしよう」

「はい。楽しみです」

「ああ。俺も楽しみだ」

旦那様は私に向かって輝くような笑顔を向け、食後のコーヒーに口をつける。

そのあまりの破壊力に、思わず息を呑んで固まった。

心臓が、不審なほど忙しなく鼓動を刻んでいる。

(び、びっくりした。心臓が止まるかと思った……)

最近旦那様は、時折何の前触れもなく、甘い、蕩けるような視線を私に投げかける。

そのたび、私の胸には言葉では説明できないときめきがいっぱいに広がって、息ができなくなるほど苦しくなってしまうのだ。

それに普段の生活でも、旦那様はさり気なく私を気遣ってくれる。

話題のスイーツをお土産に買ってきてくれたり、目についたからと綺麗な柄のスカーフや花などを買ってくることもある。

そのどれもが私の好みに合っていて、いつも本当に嬉しくありがたく思うのだけれど、そんな旦那様の思いやりに触れると急にドキドキしたり、嬉しいはずなのに苦しくなったりしてしまう。

目まぐるしく移り変わる感情が忙しく、私は自分で自分がよく分からない状態だった。

(でもきっと、旦那様にとっては深い意味なんて何もない……)

そう自分に言い聞かせながら、私はコーヒーカップに口をつける。

実家にいた頃はミルクや砂糖を入れなくては飲めなかったけれど、最近の私は旦那様に影響されてブラックでコーヒーを楽しめるようになった。

吉岡さんが丁寧に落としてくれた濃い褐色の液体を口に含むと、芳醇な香りとともに痺れるようなほろ苦さが舌先から広がる。

以前なら苦手だったその苦さが、ざわめく心を静めてくれる。

神経に障る蜂蜜のような甘さより、その苦さが、今の私には似合っているような気がした。

何かが——確実に変わりはじめている。

朝食の片付けを手伝った後、いつものように旦那様の身繕いを手伝うために寝室へ向かった。

ぼんやりしたままクローゼットルームへ足を踏み入れると、気配に気づいた旦那様がこちらを振り返る。

「あっ……」

下ろしたてのドレスシャツに袖を通すところだった旦那様の、むき出しの肌が目に入った。

肩から腕にかけてほどよく筋肉が付いた美しいラインや厚い胸板は服の上から見るより遥かに逞しく、肌は瑞々しく艶めいている。

端整な美貌の下に隠されていた彼の匂い立つような男らしさに刺激され、みるみる頬が赤くなった。

「ご、ごめんなさい。私、ノックもしないで……」

慌てて後ろを向いたものの、旦那様の逞しい胸板や腕が脳裏に焼き付いて離れない。

心臓が破れそうに波打つのを、ただ指先で唇を押さえてやり過ごす。

「大げさだな。スポーツクラブのプールでも、もっと露出しているだろう。そうだ。今度一緒にホテルのプールにでも泳ぎに行くか」

旦那様は呆れたように笑って、衣擦れの音をさせながら身繕いを続ける。

ここはプールではないし、第一、旦那様とプールに行くなんて私には絶対に無理だ。

それに……。

私は大きく深呼吸して、何でもないように言った。

「私、泳ぎは苦手なんです。昔、溺れかけたことがあって」

「溺れた？」

「はい。小学校の頃に、学校のプールで」

動きを止めた旦那様に気づいて振り返ると、すでにネクタイを結ぶだけの姿で彼がこちらを見ている。

ゆっくりと近づき、彼が身に着けている濃いグレーのスーツに合わせて、少しドレッシーなえんじのネクタイを手に取った。

首に手を回してネクタイを交差させると、思慮深い彼の眼差しが、私をじっと見つめる。

「どうして溺れたりなんかしたんだ」

「友達が……ふざけて、泳いでいる私の足を引っ張ったんです」

「ずいぶん危険な行為だな。いくら小学生でも、ふざけたでは済まないだろう」

旦那様は咎めるように呟くと、ネクタイを結ぶ私に静かな視線を向ける。

本当は、私の足を引っ張ったのは友達ではなく義妹の玲子だった。

父と義母が再婚した頃から、玲子はとにかく私が気に入らなくて仕方がなかったらしい。

あの日も夏休みに行われた希望者対象の水泳訓練で、玲子は突然前を泳いでいる私の足を引っ張って溺れさせた。

プールは腰の高さほどしかない浅さだったが、パニックになった私は大量に水を飲んで沈んでしまい、偶然その場を見ていた先生によって助けられた。

義理とはいえ姉妹ということもあり大きな問題にはされなかったが、その一件以来、私は泳ぐことはもちろん、プールや海に入ることすら苦手だ。

お風呂やシャワーなど日常生活には支障がないけれど、海やプールなどへ行くと足が竦んでしまう。だから水泳の授業なども、常に見学だった。

一方、玲子の方は泳ぎが得意で、義母と毎年のように常夏のリゾートへ出かけている。

「嫌なことを思い出させたな。……悪かった」

「そんな。私が情けないだけですから」

「いいや。子供の頃に経験した恐怖や苦しみは、精神的に大きな影響を及ぼす。今まで、ずいぶん辛い思いをしただろう」

ネクタイの結び目を整える私に向かって、旦那様が穏やかに視線を落とした。

普段はあまり見ることのない、柔らかで――けれど少し憂いのある眼差しで見つめられ、また胸が締め付けられるような気分になる。

「……できました」

私は手早くネクタイから手を離すと、旦那様から離れた。

そして優雅な仕草でジャケットを羽織る彼を、背後から見つめる。

すらりと伸びた清潔感のある後姿は、あの日ホテルのスイートルームで偶然目にした姿そのままだった。

あれからいくつかの偶然が重なって彼の側にいることが、まるで夢のように感じられる。

何者をも恐れない、すべてを兼ね備えた旦那様。

その上質なスーツに負けない広い肩幅の向こうに、何故だかいつか見た薄い月が重なった。

数日後、私は茶道のお稽古のために鷹司家を訪れていた。

始めて間もないお稽古は今回で二回目だけれど、久しぶりに正座で過ごす時間は背筋が伸びて気持ちがいい。

鷹司流の手習いは私が学んでいた流派とは違う部分もあるが、元は同じ流派が分かれたこともあって、思いの外苦労もなく身体になじむ。

母屋の稽古場で私に稽古をつけてくれるのは、旦那様の従姉妹の棗さんだ。

棗さんは家元である伯父さんの長女で、私とは五つ違い。

結婚して他家に嫁いではいるが、実家の稽古を今でもサポートしている。

「花純さん、本当に筋がいいわ。とても素直で丁寧な所作だから、見ていて気持ちがいい」

「まだまだ慣れなくて……でも鷹司流の手前は、とても温かで気持ちが落ち着きます。棗さん、今日もお稽古をありがとうございました」

「こちらこそありがとう。そんな風に言ってもらって、この家に携わる者として光栄だわ」

棗さんはそう言って笑うと、「お祖母ちゃんたちが待っているから、離れに行きましょう」と道具を片付ける。

ふたりで離れに赴くと、お祖父さんやお祖母さんが待っていてくれた。

いつものように美味しいお菓子と旦那様の思い出話に花が咲き、あっという間に時間が過ぎる。

夕方になり、そろそろお暇をしようと帰り支度を始める私に、お祖母さんが思い出したように言った。

「そういえば、花純さん、西園寺の大奥様に歌舞伎のチケットを頂いたんですって？」

遥己は仕事の都合はつきそうなのかしら」

「はい。遥己さんも一緒に、明日お伺いする予定です」

「それならよかったわ。先日大奥様とお会いした時、あなたたちのことをたいそう褒めていらしてね。遥己は仕事を理由にいつもお誘いを断ってしまうから、少し心配していたの」

お祖母さんはそう言うと私の側に歩み寄り、傍らに座る。

そしてそっと私の手を握ると、改まった口調で言った。

「花純さん、遥己は少し頑なところがあるから、きっとあなたに迷惑を掛けると思うけれど、心根は優しい子だから、至らない所は大目に見てやってね」

「そんな……私の方こそ、いつもご迷惑をかけてばかりなんです。少しでもお役に立てるよう、もっともっと頑張ります」

「頑張らなくてもいいの。花純さんはそのままで、遥己の側にいてくれたらいいのよ」

私に向けられるお祖母さんの笑顔は、どこか旦那様に似ている。こんな風に笑顔を向けてもらえることを、本当に幸せだと、胸の中でかみしめる。

別れの挨拶をして離れを後にすると、廊下の途中で伯父さんに会った。

伯父さんは私の姿を見つけると、足早に近寄ってくる。

「花純さん、間に合ってよかった。いや、実はさっきこれが届いてね」

言いながら伯父さんは、小さな包みが入った紙袋を私に手渡してくれる。

「無事に修理が終わったようだよ。私も確認したが、なかなかよく出来上がっているー」

近くの和室に入って中を検めると、すっかり元の形に戻った母のティーカップが目の前に現れた。

恐る恐る触れると、繋いだ面は滑らかで、目を閉じて触れれば割れたことなどまったく分からないほどの出来栄えだ。

割れた面を繋いだ漆の跡は金粉で華やかに彩られ、もともとの磁器が持つ光沢と相まって、唯一無二の存在感を艶やかに放っている。

一度は壊れてしまったと諦めた母との思い出が美しく蘇り、心に喜びと感謝の気持ちが溢れ出した。

「本当に……本当にありがとうございます」

手をついて深く頭を下げると、伯父さんの手が私の両肩を掴んで力強く揺さぶってくれる。

「花純さん、顔を上げて。礼を言うのはこちらの方だよ。君が遥己のところに来てくれて、両親も私もどんなに安心しているか。君が遥己の結婚相手で本当によかったと、私たちは心から感謝しているんだよ」

伯父さんはそう言うと、私に向かって大きく、力強く頷いてくれた。

翌日、昼食を終えると、吉岡さんがいそいそと忙しく走り回っているのに気づいた。

何か手伝おうかと声を掛けたけれど、それには及ばないとすげなく断られてしまう。

私は手持ち無沙汰に、ひとり寝室に戻った。

今日は夕方から、西園寺の大奥様に誘ってもらった歌舞伎に出かける予定だ。

昨夜、仕事の都合で家に戻ってこなかった旦那様は、今日は直接劇場に向かうという。

旦那様は時折、ホテルを取って契約や人事など煩雑な業務をこなしている。

家では集中できないからという理由らしいけれど、きっと本当のところは自分が深夜まで起きていたら吉岡さんや奈良岡さんがゆっくり休めないという、思いやりの気持ちからだろう。

あの朝、旦那様がスイートルームにいたのも、きっとそんな事情があったからだ。

あの日、早朝にハウスキーピングを頼まれたのは、朝から商談のために来客を迎えねばならないからという理由だった。

早い時間に申し訳なかった、担当者にくれぐれも感謝を伝えて欲しいという旦那様の伝言を受け取ったのは、それから数日後のことだ。

そんな誠実さに、私はさらに彼に憧れた。

わずか数ヶ月前の、淡くて甘酸っぱい記憶がフッと脳裏に浮かんでは消える。

思えばあれが、私のささやかな初恋だった。

(旦那様は、あれが私だなんて、思いもしないだろうな)

いや、それ以前に、そんなことはもう忘れてしまっているだろう。

目を閉じ、私はあの日見た光景を胸に思い描く。

美しい、月のように冴えた旦那様の横顔。

その光景を、私は生涯忘れることができないだろう。

ふっとため息をつき、そろそろ支度を始めようかとクローゼットルームに移動した。

(歌舞伎……いったい何を着ていけばいいんだろう)

学生が学割チケットで観るならばデニムでも構わないだろうが、今回はそうもいかない。

旦那様のスーツがずらりと並んでいるスペースの反対側は私専用に与えられているが、収められている衣服はその広さに比べてほんのわずかだ。

旦那様からは再三服を買いに行こうと言われていたが、これで十分だと固辞している。

実際、数は少ないけれど紺やグレーのワンピースやスカート、ジャケットなどは着回しが利き、旦那様が買ってくれたスカーフなどを合わせれば十分役に立つ。

しばらくの間思案し、私はその中から濃紺のワンピースを手に取った。

少し厚手のシルク生地で作られたAラインのワンピースは、控えめな白いレースの襟がアクセントになったフェミニンな一枚だ。

少し広めに開いた襟ぐりとノースリーブのデザインは、アクセサリーを加減すれば様々な場面に着用することができる。

観劇には少し地味かもしれないが、これにシルクのストールを羽織れば、旦那様に恥をかかせることもないだろう。

ワンピースに合わせたバッグや靴を見繕ってしまうと、私は寝室に戻ってソファーに背を預ける。

ふと視線を向けると、テーブルの上に置かれた母のティーカップが目に入った。

元の形、いやそれ以上に輝きを取り戻したティーカップの誇らしげな姿に、自然に顔がほころんでいく。

(旦那様にも、早く見てもらいたい)

壊れてしまった思い出に、また新しく命を与えてくれた。

それだけではない。

鷹司家の、あの優しい人たちに巡りあわせてくれた。

実家を助けてもらえたことだけでもありがたいのに、私はどれほどたくさんのものを旦那様に与えられているのだろう。

(一生を掛けて、旦那様に恩返しをしよう)

そう心に決め、まずはクローゼットの整理をしようと立ち上がる。

するとその時、誰かがドアをノックする音が聞こえた。

「はい」

返事を返すとドアが開き、吉岡さんが入ってくる。

「奥様、今、少しよろしいでしょうか」

「はい。何でしょうか」

「どうぞこちらへ。一緒にいらして下さい」

理由を言わない吉岡さんを不思議に思いながらも後に続いて廊下を進むと、吉岡さんは一番突き当りの、普段は使われていない部屋の前で立ち止まった。

(ここは……)

この部屋には通常鍵が掛かっており、私もまだ足を踏み入れたことがない。

掃除も吉岡さんがひっそりひとりで行うので、誰の、何のための部屋なのかは分からなかった。

「奥様、どうぞお入り下さい」

恐る恐る中に入ると、扉の向こうはこぢんまりした可愛らしい洋室だった。

南側に窓を取ってあるので、とても陽当たりがいい。

美しい飾り窓からは午後の日差しがふんだんに入り込み、部屋全体を明るく照らしている。

壁側に置かれた飾り棚には可憐なアンティークの小物や和紙でできた人形が並び、本棚には内外を問わず語り継がれた名著が並んでいる。

ひと目で誰かの居室だと想像できたが、周囲を包み込む澱んだ空気が、主がこの世にいないことを物語る。

「吉岡さん、ここは……」

「亡くなった奥様のお部屋です。今は私が管理させて頂いております」

吉岡さんはそう言うと、私の手を取って奥へと進んだ。

すると部屋の中ほどに置かれた優美な透かし彫りの衝立《ついたて》の向こう側に、美しい水色の訪問着が衣桁《いこう》に掛けられているのが目に入る。

「綺麗……素敵な着物ですね」

ほうっとため息をつきながら見入っていると、笑顔を浮かべた吉岡さんが優しく着物の袖に触れる。

「旦那様の亡くなったお母様の訪問着です。亡くなった大旦那様のお言いつけで、吉岡が長年管理をしておりました」

吉岡さんはそう言うと、ふわりと衣桁から着物を外した。

そして私に羽織らせると、側にあった大きな姿見に映して見せる。

鮮やかな水色地には大胆に松竹梅が友禅され、上品でありながら目を引くような華やかさを印象付ける。

その清廉な美しさに、私はただ言葉もなく見惚れてしまう。

鏡の中の私を見つめながら、吉岡さんが何度も小さく頷いた。

「本当によくお似合いですね。鷹司の大奥様がおっしゃった通り」

「えっ……それはいったいどういうことですか」

「昨夜、鷹司家の大奥様から連絡がございましてね。今日の顔見世には奥様に是非この訪問着をお召しになって欲しいと、そう何度もおっしゃって」

吉岡さんの言葉に、私は驚いて目を瞠《みは》る。

大切な形見の着物を私が着るなんて……そんなこと、とてもできない。

「……もったいないです。私、そんなことできません」

「いいえ。是非お召しになって欲しいと、大奥様のたってのご希望でございます。それに……吉岡も、それが一番いいと存じます」

「でも……」

旦那様にとって大切なお母さんの思い出を、私なんかがいたずらに汚すことはできない。

それは、私自身が一番よく分かっていることだ。

必死で言葉を探す私に、吉岡さんがフッと笑みを漏らす。

「旦那様には内緒でお支度をするようにと、鷹司の大奥様にきつく言いつけられております。着付けをしたら、お写真をスマホで送るようにとも。……奥様、もし大奥様のお言いつけに背けば、吉岡はお暇を頂くことになりかねませんよ？」

「えっ……」

「仕事を失えば、吉岡は住む家も失って路頭に迷うことになってしまいます。そんなことになれば……大変悲しゅうございます」

吉岡さんは俯いてそう言うと、そっと目頭を指で拭った。

あまりのことの重大さに、私は顔色を失う。

（そんな大事になるなんて……！）

吉岡さんが仕事を失うなんて、そんなことは絶対に避けなければならない。

吉岡さんは旦那様にとっても、北条家にとってもなくてはならない人だ。

私は吉岡さんの腕に縋りつき、大きく頷いた。

「分かりました。私、お母さんの着物をお借りします。この着物で、旦那様と歌舞伎を観に行きます！」

その言葉に頷くと、さっと顔を上げた吉岡さんがてきぱきと支度を始める。

私はされるがままに、着付けばかりか髪やお化粧まで、彼女の手によって仕上げられていくのだった。


奈良岡さんの運転する車は、約束の時間ちょうどに劇場に到着した。

運転席から降りた奈良岡さんに手を貸してもらい、私は着物の裾を気にしながら車から降りる。

「奥様、旦那様との約束の場所はお分かりになりますか」

「はい。大丈夫です」

「それでは私はこれで。楽しい夜をお過ごし下さい」

奈良岡さんの車が去ってしまうと、私は大きく深呼吸して劇場入り口の自動ドアをくぐった。

年に一度の特別な公演に辺りは着飾った大勢の人たちで賑わい、劇場内も豪華に飾り付けられている。

華やかな空間を目の当たりにし、自然に胸の鼓動が高まっていく。

（こんなに華やかで素敵な場所、初めてだ）

高揚する胸を抑えながら、私はそっと左手の薬指を撫でる。

旦那様のお母さんの形見を着せてもらったこともあり、今日は母も一緒に出かけられたらと、マリッジリングに重ねて大切な形見の指輪をはめてきた。

母のルビーは華やかなお母さんの着物によく映え、申し合わせたように互いを引き立てている。

まるで旦那様のお母さんや母に見守られているような気分になり、心が温かくなった。

赤と黒を基調にした劇場の華やかなエントランスを進むと、重厚な造りのレセプションに突き当たる。

そちらへ向かって歩いていくと、スポットライトで照らされた通路の片隅に、背の高いスーツ姿の男性が立っているのが目に入った。

（あっ、旦那様だわ）

私は思わず小走りで、彼の下へ急ぐ。

私の姿を認めたのか、旦那様がさり気なく片手を上げた。

今日の旦那様は細身のグレーのスーツに光沢のある黒のシャツを合わせ、同系色のネクタイをコンパクトに結んでいる。

すべてをモノトーンで纏めた着こなしは一見地味な組み合わせだけれど、それが却って旦那様の持つ華やかさを、極限まで際立たせている。

それを証拠に、こうしている間にも女性たちからの熱い視線が途絶えない。

周囲のあまりの注目ぶりに気後れしながら近寄ると、女性たちの視線が一斉に私に向けられたのが分かった。

居た堪れない居心地の悪さを感じながら、旦那様に頭を下げる。

「ごめんなさい。お待たせしましたか」

「いや、俺も今着いたところだ」

指先で唇を撫でながら、旦那様がフッと目を細めた。

蕩けそうに甘い眼差しを向けられ、頬が瞬時に赤くなる。

吉岡さんに着せてもらった旦那様のお母さんの着物は、薄い浅葱色の訪問着だ。

上品な水色地に松竹梅が描かれた友禅は高名な職人の作で、流行を超えた芸術的な美しささえ感じられる。

合わせた帯は、正倉院文様の華文が織られた錦織のもの。

帯締めも着物に合わせた水色で、その潔い取り合わせがさらに着物の持つ清楚な美しさを引き立てている。

それに、今日はヘアメイクにまで吉岡さんの腕が振るわれた。

母に似た大きな二重には細くラインが引かれ、まつ毛はくるんと上向きにされている。

唇は珊瑚《さんご》色のリップでほんのり彩られて、髪に飾った山梔子《くちなし》色の髪飾りと絶妙なバランスを醸し出している。

支度が出来上がって、『これで完璧』と胸を張った吉岡さんに送り出されたものの、普段はあまりメイクに手を掛けない私にとってはどうにも慣れない姿だ。

（おかしくはないかな。旦那様はどう思うだろう）

吉岡さんの言うなりにこんな恰好をしてしまったけれど、旦那様に呆れられはしないだろうか。

不安な気持ちで目を伏せていると、ふわりと身体を寄せた旦那様の指先が、私の着物の袖に触れる。

「着物、吉岡に着せられたのか」

「あの、鷹司のお祖母さんがお気遣い下さって……この着物、旦那様のお母さんのものなんです。勝手にお借りしてしまって、申し訳ありません」

そう言ってまた頭を下げると、旦那様の顔に笑みが浮かぶ。

「謝る必要はない。とても似合っている。それに……とても綺麗だ」

「えっ、あ、あの」

旦那様の言葉に、不安でいっぱいだった心がみるみる幸せで満たされていく。

お世辞でも綺麗だ、と言われたことが嬉しく、頬が赤く染まった。

のぼせて俯く私の耳元に、旦那様が少し困ったように顔を寄せる。

「それと……花純、ここで〝旦那様〟は止めてくれ。せめて名前で呼んでくれないか」

「えっ」

「言ってごらん。遥己、だ」

甘い微笑みで見つめられ、魔法に掛けられたように心が捕われてしまう。

促されるように首を傾げられ、頭がうまく働かないままに口を開いた。

「は、遥己さん」

「いいね。それじゃ花純、行こうか」

ごく自然に手を取られ、客席へ向かう。

恋しい人の名を口にした甘い余韻に包まれながら、私は彼の横顔を密かに見つめるのだった。


一階の桟敷席では、すでに到着していた西園寺家の人たちが談笑していた。

私たちを招待して下さった大奥様の姿も見え、急いでご挨拶に伺う。

「大奥様、本日はありがとうございます」

旦那様に続いて頭を下げると、大奥様の優しい眼差しが向けられた。

「こちらこそありがとう。ご一緒できてとても嬉しいわ」

「はい。僕たちもお招き頂いて光栄です」

旦那様の言葉に、大奥様は楽しそうに肩を竦めて見せる。

「もう何年もあなたはお医者様のお仕事が忙しくて、なかなか顔を見せてくれなかったものね。こんな場所でお会いするのも、本当に久しぶり」

「申し訳ありません。でも、改めて機会を頂いて本当に嬉しいです。実は妻とこういった場所に来るのは初めてで……今日は大奥様のお力添えで、妻にいいところを見せられました」

大奥様の耳元で旦那様がまるで内緒話のように伝えると、その場にいた西園寺家の人たちにさざめくような笑い声が起こる。

「まあ。遥己さんたら、お若い奥様に首ったけなのね」

「でも本当にお可愛らしい奥様だこと。薄浅葱のお着物が本当によくお似合いになる」

「あんなにたくさんのお嬢様の中からお選びになった方ですもの。きっと多くの嗜《たしな》みに長《た》けていらっしゃる方なのでしょうね」

女性たちが口々におしゃべりを始めると、大奥様がぴしゃりと「無駄なおしゃべりは止めてちょうだい」と窘《たしな》める。

そして私の手を取ると、優しい眼差しで言った。

「今日は年寄りの我がままを聞いてくれて本当にありがとう。私、どうしてもあなたと一緒にお芝居を観たかったのよ」

「私の方こそ……ありがとうございます。ご一緒できて嬉しいです」

私の言葉に、大奥様の手に力がこもる。

年を重ねた人だけが持つ、温かで力強い手だ。

何故か懐かしく、そして慕わしい。

「ほら、もうすぐお芝居が始まるわ。夫婦仲良くご覧なさい。席は端っこにしておいたから、手を繋いでも大丈夫。誰にもばれないわ」

大奥様は私たちに囁くと、悪戯っぽく笑う。

温かな気持ちに包まれながら、私たちは自分たちの席へと移動した。


何年かぶりに見る歌舞伎は、華やかで見ごたえがある演目ばかりだった。

一年の始まりを意味する顔見世興行ということもあり、演者や舞台にも様々な工夫が凝らされている。

桟敷席からは花道が近く役者さんがよく見えた。それにゆったりした掘りごたつの席では幕間に食事をすることもでき、経験したことのない贅沢な時間に心が踊る。

旦那様があらかじめ注文しておいてくれた可愛らしいお膳に舌鼓を打ち、ゆったりと満たされた時間が流れていく。

(旦那様とこんな風に過ごすのは初めてだ。何だか嬉しい……)

それに旦那様の左手の薬指には、今日は私とお揃いのマリッジリングがはめられている。

マリッジリングをつけた彼を見るのは初めてで、何だか胸がときめいてしまう。

長い指に光る婚姻の証が、形ばかりのものだと分かっていても甘く私の心をくすぐった。

「……どうした?」

ジッと見つめる私に気づいたのか、不意に旦那様が私の顔を覗き込んできた。

頬にかかった彼の吐息に、心臓がうるさいほど高鳴っている。

「あ、あの、旦那様。お菓子、食べますか」

赤くなった頬を見られたくなくて、私は顔を背けてバッグの中をかき回す。

そして手縫いの小さな巾着袋を取り出すと、中から先日お土産に貰った二人静を取り出した。

「それ、持ってきたのか」

「はい。お口直しにいかがですか」

笑顔で旦那様に手渡そうとすると、隣の席に座っていた女性がちらちらとこちらを見ているのに気づいた。

（お隣は……西園寺家のお知り合いの方たちだ）

さっき西園寺の大奥様におしゃべりを注意されていた女性のひとりだと気づいて会釈をしたが、サッと視線を逸らされて無視されてしまった。

私より少し年上の女性は連れの女性に何かを耳打ちして笑い合い、時折意地悪な視線をこちらに向けている。

義母や玲子に意地悪を言われていた時のことを思い出し、心がひやりと冷たくなった。

（こんな場所にお菓子なんて持ってきて……子供みたいだったかな）

しゅんとして巾着をバッグにしまおうとしたところで、不意に旦那様の手が私の手を握った。

「……花純。くれないのか」

「えっ」

「ちょうど甘いものが欲しいと思っていた」

旦那様に言われて、慌てて二人静の包みを差し出した。

けれど旦那様は意味ありげな微笑を浮かべて私の顔を見つめるだけだ。

「食べさせて」

「えっ」

「この間は食べさせてくれただろう？　……ほら、早く」

旦那様は甘い瞳でそう言うと、私に向かってうっすらと唇を開いた。

（この間はふたりきりだったから……。こんなに人がいる場所で、何だか恥ずかしい）

躊躇しても旦那様は口を開けたまま、私から視線を逸らさない。

仕方なく包みを開き、丸い珠の半分を彼の唇へ滑り込ませる。

するり、と小さな干菓子が唇に消え、続いて私の指先が彼の唇の間に挟まれた。甘噛みするように歯が立てられ、熱い舌先が触れる。

（えっ、あっ……）

驚いて手を引っ込めると、旦那様の歯と唇で捕えられていた指先がするりと抜ける。

意表をつく旦那様の悪戯に、心臓が破れそうなほど鳴り響いている。

動揺で打ち震える私に、旦那様が悪戯っぽく笑った。

「だっ……遥已さん……っ」

「新婚なんだ。これくらい許される。何だ花純、これくらいで真っ赤な顔をして。可愛いな」

旦那様はそう言うと、ちらりと隣席の女性に視線を向ける。

こちらを盗み見るように窺っていた女性たちが、バツが悪そうに視線を逸らした。

(旦那様……もしかして、私を気遣ってくれたの？)

頬も耳も、熱く火照《ほて》ってる。

けれどそれ以上に旦那様の熱い思いを感じて、私の心はまたときめくのだった。

楽しい時間はあっという間に過ぎ、観客の大きな拍手に包まれて演目が終わった。

幕が下り、場内が明るくなっても、まだ興奮が冷めない。

「素晴らしかったな」

「はい。すごく素敵でした」

「こんな席に招待してもらって、西園寺の大奥様に感謝しないといけないな」

旦那様と私は満ち足りた気分で席を立つと、そのまま大奥様の席へご挨拶に向かう。

すると大奥様の席の周りに人が集まっているのが見えた。

訝しく思って近寄ると、大奥様がぐったりと席に凭れかかっているのが目に入る。

（大奥様、いったいどうして……）

不安な気持ちに、私は呆然とその場に立ち尽くす。

一方、旦那様は人をかき分けてすでに大奥様の側へ駆け寄っていた。

そして大奥様の状態を手早く確認すると、心配そうに周りを取り囲む家族に声を掛ける。

「劇場の医務室に行きましょう。僕が診察して、必要なら病院へ運びます」

「劇場の人を呼んできます。車いすを借りないと」

「僕が運びます。道を空けてください」

旦那様は大奥様を抱き上げると、桟敷席から通路へと身体を移動する。

そして周囲を見渡すと、射貫くような眼差しで私を見つめた。

訴えかけるような眼差しに胸を衝かれ、急ぎ足で旦那様の側へと駆けていく。

決して油断のならない事態なのだと、肌で感じた。

「旦那様、大奥様は……」

「大丈夫だ。花純、ロビーで待っていてくれ。長引くようなら連絡する」

「はい。分かりました」

しっかりと目を見て頷くと、旦那様は力強く頷き、大奥様を抱き上げたまま去っていく。

その後姿を、私は祈るような気持ちで見送った。


エントランスに近いロビーに移動し、通路のすぐ側にあるソファーに腰を下ろして旦那様を待った。

観劇を終えた人の波は次第にまばらになり、ほどなく周囲に人影がなくなる。

旦那様と別れて、すでに三十分ほどが過ぎようとしていた。

(大奥様の体調は大丈夫だろうか)

自分に向けられた分け隔てのない優しい眼差しを思い出し、心がギュッと苦しくなる。

（どうか大奥様が、無事にお元気になりますように）

祈るような気持ちで俯き手を握りしめていると、不意に複数の人影が目の前に立ちはだかる。

「花純さん、こんばんは」

ハッとして顔を上げると、そこには義母と玲子が立っていた。

玲子の着ている劇場には場違いな振袖の赤い色彩が、不安な気持ちをさらに波立たせる。

（……お義母さんと玲子も来ていたんだ）

思いもよらない偶然に戸惑いながらも、私は立ち上がってふたりに頭を下げた。

「こんばんは。お義母さんたちもいらしてたんですね」

「ええ。年に一度の顔見世興行ですもの。私たち、毎年一緒に来ているのよ」

義母はそう言うと、舐めるように私の全身に視線を彷徨わせた。

そして最後にジッと私の顔を見つめると、口角を引き上げて人形のような笑顔を浮かべる。

「みなさんがおっしゃる通り、本当に素敵なお着物。ね、花純さん。いったいどんな手を使えば、北条家の御曹司を骨抜きにできるのかしら」

「えっ……」

「それに西園寺家の大奥様にまで取り入るなんて……大人しい顔をして、お姉さんって本当に恐ろしいわね」

真っ赤な振袖を大仰に翻し、玲子が私に向かって憎々しげな表情を浮かべた。

ふたりが発する、唐突な言葉が理解できない。

いったい義母たちは、何を誤解しているのだろう。

「私はただ、西園寺さんにご挨拶に伺っただけです」

この縁談が西園寺家から持ち込まれたことは、ふたりにも分かっているはずだ。

それに私が旦那様を骨抜きにするなんて、いったいどういう発想をすればそんな考えが浮かんでくるのか。

義母が仕組んだこの結婚は、経営が行き詰まった我が家の事業のために、北条家から融資を引き出すのが目的だった。

旦那様が私を気にかけてくれるのは北条家の体裁のためだ。それ以外、何の意味もない。

頭の中で彼女たちの不穏な言動に思いを巡らせていると、ふとあることに気づく。

(どうしてお義母さんと玲子は、さっき私が大奥様と話したことを知っているんだろう)

得体の知れない恐ろしさを感じ、私は思わず後ずさって二人から距離を取る。

すると義母は、顎を上げながら意地の悪い笑顔を浮かべた。

「嫌だわ、花純さん。仮にも親子じゃないの。そんなに警戒しないでちょうだい。……別に盗み聞きしたわけじゃないのよ。桟敷席にいるあなた方に気づいて、ご挨拶しようと近くまで行ったら、偶然聞こえてしまったの。開演の時間が迫っていたから、結局ご挨拶はできずじまいだったけれどね」

「そうよ。お姉さんたら、どうしてそんなに悪く取るのかしら。本当に性格が悪いったらないわ」

憤慨したように高い声を上げる玲子に、義母が窘めるような視線を向ける。

「玲子、そんな言い方はよくないわ。花純さんは愛されて育ったあなたとは違うの。僻《ひが》んだり妬んだりして育つと、他人をおとしいれようとしたり、馬鹿にしたりしてしまうものなのよ」

「それにしたって酷すぎるわ。本当なら、私が遥己さんと結婚していたはずなのに……。その綺麗な着物だって、本来私の物だわ。もう我慢できない。ね、お姉さん、遥己さんと離婚してくれない？」

「えっ……」

唐突な玲子の発言に、何も返せずただ呆然とする。

もう結婚式も済んだというのに、今さら何を言い出すのか。

言葉を失う私に向かって、玲子は大真面目な顔をして言う。

「お姉さんがやっぱり結婚は嫌だ、家に帰るって騒ぎを起こせば、南条家としては代わりの娘を差し出すしかないでしょう？　そうなれば、私が北条家へ嫁ぐしかないもの。ね、そうしてよ。お姉さんだって、結婚するのを嫌がってたじゃない」

「そんな……」

「お姉さんみたいな貧乏臭い人が北条家の奥様だなんて、最初から無理があったのよ。その点、私なら適任でしょ。社交的だし、お姉さんより年も若いし」

身勝手な玲子の言い分に、ざわざわと心が波立つ。

そもそも、最初に悪い噂を聞いて嫌になり、縁談を押し付けてきたのは玲子の方だ。

その上、お見合いをする前に条件を出して断れないように仕向けた。

今になってその一切をなかったように振る舞うなんて、いったいどういうつもりなのだろう。

（それに……私はもう、以前の私じゃない）

最初は文字通りお金のための政略結婚だったけれど、吉岡さんや奈良岡さん、何より旦那様の温かな配慮で、私は自分の居場所を見つけはじめている。

何より今は、少しでも旦那様の役に立ちたい。

彼の側にいたいのだ。

心の中で説明のできないせつなさが膨らんでいくのに気づき、次の瞬間、ハッとした。

（私、旦那様を……）

身体中に溢れる、滾《たぎ》るような、急《せ》くような気持ち。

堰を切ったように流れるそのあまりの激しさに、何もできないまま立ち竦む。

この気持ちの正体に、本当はもうずっと前から気づいていた。

でも、どうしても認めることができなかった。

認めるのが怖かったのだ。

（私、旦那様のことが好きだ）

お金で買われた惨めな花嫁が愛を求めるなんて、他人に知られたら笑われてしまうだろう。

それでも、もうこの気持ちに嘘はつけない。

誰に何を言われても、今さらすべてを覆《くつがえ》すなんてできない。

「私、離婚なんてしない。もう私は、北条家の人間だから」

こちらを睨み付ける玲子を、逸らすことなく真っ直ぐに見つめ返した。

(旦那様は……吉岡さんや奈良岡さんも、今の私にとっては大切な家族も同じだ)

このことだけは絶対に譲れない。

強い気持ちが、私の中に溢れてくる。

「厚かましい。育ちが悪いと、こうも下品になるものかしらね」

気圧されたように黙り込んだ玲子に代わって、義母が吐き捨てるように言った。

そして怒りに震える表情で、玲子に顔を向ける。

「玲子、諦めなさい。この子には北条だけでなく、今となっては西園寺もついているんだから。悔しいけれど、もう打つ手はないわ」

「そんなの嫌よ！　だって私には、もう縁談も来ないんでしょう？　こうやってわざわざ振袖まで着てきたのに、西園寺家は大奥様に取り次いでもくれなかったわ！」

駄々っ子のように泣き出す玲子に、義母は唇をかみしめる。

「南条家の血筋でないと言われれば、返す言葉はない。何もかも、この小娘のせいで……！」


吐き捨てるように義母が呟くと同時に、玲子が私の腕を掴んだ。

強い力で捩じり上げ、強引に私の指から母の指輪を引き抜く。

「何するのっ……返して……っ」

必死で取り返そうとする私を振り払い、玲子が素早く踵を返した。

人の波が去って静まり返ったロビーを真っ直ぐに突っ切り、自動ドアをくぐり抜けて劇場の外へ出る。

「待って……」

必死で後を追うと、玲子は劇場前の広場の真ん中にある噴水へと向かっていく。

豊かな水量を湛えた円形の噴水では、中心に設置された円柱上の彫刻から放射線状に落ちる水しぶきに、ライトアップされた光がキラキラと反射している。

玲子は幻想的な噴水の前で立ち止まると、追ってきた私をゆっくり振り返った。

「いいわよ。返してあげる」

あっと言う間もなく、玲子の手から母の指輪が放物線を描いて水の中へと落ちていく。

ぽちゃん、と鈍い音がして水の中へ吸い込まれていくのを、為す術もなく見つめた。

「あら、ごめんなさい。返そうとしたのに、手が滑っちゃった」

薄笑いを浮かべる玲子を無視し、私は噴水の側に駆け寄る。

必死に目を凝らしてみても、光に溶ける水しぶきが邪魔して指輪を見つけることはできない。

何より水辺に対する恐怖が、私の身体を硬くしてしまう。

「お姉さん、そんなに近寄ったらせっかくのお着物が台なしになってしまうわよ。それにどうせ、水が怖くて探せやしないでしょ？」

「酷い……どうしてこんなことを」

「そんな怖い顔しないでよ。北条家の奥様ならあんな指輪のひとつやふたつ、すぐに買ってもらえるでしょう？　何もかも独り占めしようとするお姉さんが悪いのよ。これで済んだなんて思わないで」

玲子はそう言い放つと、笑いながら義母とともに去っていく。

色とりどりのライトを浴びて吹き上げる冷たい噴水の前に、私はひとり取り残された。

（どうしよう。お母さんの指輪が……）

あの指輪は、幸福だった両親との絆そのものだ。

恐怖に震えながらも、私は必死に水底に指輪の影を探した。

目の前に流れる大量の水流に、心臓がどくどくと波打っている。

微かに吐き気を感じ、ぐらりと身体が揺れた。

「花純……何をしているんだ」

力強い手が私の肩を抱き、我に返った。

顔を上げると、旦那様が心配そうに私を見つめている。

「こんなに冷えて……。中で待っていろと言っただろう」

大きな手が私の手を包み込み、触れ合った部分から温かさが伝わってくる。

安堵で、恐怖に固まっていた身体から力が抜けた。

「旦那様、大奥様は……」

「心配ない。少し様子を見ていたら体調が戻ったから、さっきタクシーで家に帰ってもらった。ご機嫌がよすぎて、少しお食事を食べすぎたようだ」

「そうですか。よかった……」

「ああ。……それより、いったい何があったんだ」

旦那様が心配そうに私の手に指を絡める。と、すぐに何かに気づいたように眉根を寄せた。

「花純、指輪はどうした。見合いの時にしていたルビーの指輪を、今日ははめていただろう」

「あ、あの……」

晩秋の冷たい空気に息が詰まる。

指輪は玲子に投げ込まれて噴水の中だ。

苦しい。

いや、それ以上に悲しい。

「花純、黙っていたら分からないだろう。指輪はどうしたんだ」

「指輪は……噴水に……」

言葉を続けることができず、静かに頬を涙が伝った瞬間、私に触れていた旦那様の手が離れた。

そして躊躇うことなく、噴水に入っていく。

思いもよらない旦那様の行動に、身体から血の気が引いていく。

「旦那様!? 止めて、止めて下さい……っ」

声を限りに叫んでも、逞しい後姿は動きを止めない。

冷たい水にスーツが濡れるのも構わず、水の底に腕を伸ばす。

「旦那様……旦那様……」

噴水の縁に縋りついた指先に、冷たい水しぶきが振り掛かる。

十一月の夜の空気は冷たく、すぐ側に迫った冬の訪れを感じさせる。

こんなに冷たい水の中にいては、旦那様が風邪を引いてしまう。

どうしたらいいのか分からず、私はただその場に立ち尽くすことしかできない。

(このままじゃ、旦那様が風邪を引いてしまう。どうしよう、どうしよう……)

けれどいくら声の限りに叫んでも、旦那様は動きを止めてくれない。

いったいどれくらいの時間そうしていたのだろう。

何度も何度も繰り返し水底を探っていた旦那様が、ようやく動きを止めた。

そして手の中のものを確認すると、ゆっくりとこちらへ戻ってくる。

びしょ濡れになったスーツ。

豊かな黒髪から、冷たい水の雫が滴《したた》っている。

「旦那様……こんなに濡れて……」

私はなりふり構わず、バッグから取り出したハンカチで旦那様の顔を拭いた。

すると旦那様は私の手首を掴んでハンカチを抜き取ると、握りしめていた赤い宝石を丁寧に包み込む。

「花純の大事な指輪はこれだろう？」

差し出された旦那様の大きな手のひらの上には、母の形見の指輪が大切そうに乗せられていた。

水滴を拭った大粒のルビーは、ライトアップされた噴水の光を浴びてきらきらと輝いている。

「旦那様……」

心の底から感情が溢れて、止まらない。

私の下に母の指輪が返ってきたことが嬉しくて……こうして旦那様が探してくれたことが嬉しくて。

「旦那様……ありがとうございます。ありがとうございます……！」

深く頭を下げ、涙に濡れた顔で微笑むと、旦那様がくしゃりと笑った。

見たことのない無邪気な笑顔に、何故だか涙がまた溢れてくる。

「花純がそんなに喜んでくれるなら、宝探しも悪くない」

悪戯っぽく囁き、また旦那様が笑う。

その笑顔が、びしょ濡れの旦那様が愛おしくて、思わず彼の手を引き寄せた。

そして両手で彼の手を包み込み、頬に寄せる。

冷え切った手を温めたくて、必死で息を吹きかけた。

「花純……」

小さく息を呑み、旦那様が私の名を呼んだ。

その甘美なため息に、私の心はまた名前の知らない喜びに震えるのだった。

恋なんです

都内でも有数のラグジュアリーホテル。

その最上階にあるエグゼクティブスイートから眺める夜景は、まるで夢のような美しさだ。

赤や黄色やブルー。色とりどりの宝石箱をひっくり返したような煌めきに心を奪われながら、私は小さなため息をつく。

「本当に、すごく綺麗……」

美しい夜景で有名なこの部屋には何度かハウスキーパーとして訪れたことがあったけれど、ゲストとして眺めたのは初めてだ。

それに、こうしてゆったりとソファーに身を委ねることも。

「……少しは落ち着いたか」

振り向くと、リビングの入り口にバスローブ姿の旦那様が立っていた。

まだシャワーを済ませた濡れ髪のまま、無造作にはだけたバスローブの胸元からは逞しい胸が見え隠れしている。

いつにも増して凄絶な色香にあてられ、私は平静を装いながら視線を逸らした。

指輪を探して噴水でびしょ濡れになってしまった旦那様と私は、タクシーや電車に乗ることもできず、やむなく劇場からほど近いこのホテルへ徒歩でやってきた。

年間契約をしているというスイートルームは、旦那様にとっては第二の仕事部屋のようなものらしい。

学会の資料作成や込み入った会議や商談など、多いときには月単位でこの部屋に留まることもあるそうだ。

けれど私にとっては、こんな素敵な空間で過ごすなんて初めての経験だ。

文字通りきらきらしたゴージャスな空間に、少し物おじしてしまう。

(それに……何だかすごく緊張する)

北条の家には吉岡さんや奈良岡さんを始め、通いのお手伝いさんや庭師の方々が多数出入りしている。

だからこうして旦那様とふたりきりで過ごすなんて、結婚して以来、初めてのことだ。

ドキドキと動揺する私に気づくことなく、旦那様は冷蔵庫から冷えたミネラルウォーターを取り出して無造作に口をつける。

そしてゆっくり私に近寄ると、ソファーの肘掛けに腰かけながら視線を落とした。

「今日は遅いから、もうここに泊まろう。花純もバスルームを使うといい」

「えっ……」

「お湯を溜めておいたから、ゆっくり浸かっておいで。水の側にいたから、身体が冷えただろう？」

旦那様はそう言うと、黒く潤んだ瞳をこちらに向ける。

仄かに灯る官能的な光が、私に初めての夜を思い出させる。

波立つ心に耐えられず、私は姿勢を正して旦那様に作り笑顔を向けた。

「いえ、私はもう帰ります。旦那様はこのままゆっくりお休み下さい」

私の言葉に、旦那様は困ったように長い指先を唇に当てる。

「いや……実は吉岡にはもう連絡を入れてしまったんだ。みんなそのつもりで休んでいるだろうし、たまにはのんびり過ごしてもらうのもいいだろう？」

旦那様に言われ、私は返事に困って俯いた。

確かに私と旦那様がいなければ、みんな久しぶりにゆっくりした朝を迎えられるだろう。

それに世間的には夫婦なのだから、ふたりで外泊することがあっても何の不思議もない。

けれど本物の妻ではない私は、普通の夫婦にとって当たり前のことにもいちいち戸惑ってしまう。

こんな場面で、どんな振る舞いをすればいいのか分からないのだ。

旦那様はおろおろと視線を彷徨わせる私の隣に腰を下ろすと、顔を寄せて私の顔を覗き込んだ。

「大丈夫だ。バスローブがあるから今夜はそれで眠ればいいし、明日の着替えや下着はコンシェルジュに頼んだから、君がバスルームを使っている間に届くだろう」

あまりに用意周到な旦那様の言葉に、もう選択肢はなくなる。

小さな声で「あ……ありがとうございます」と告げると、旦那様の顔に優しい笑顔が浮かんだ。

「それより……花純、ちゃんと話をしてくれないか。あの噴水で何があったのか。君の指輪が、どうして水の中に落ちたのか」

旦那様はそう言うと、私の顔をじっと見つめる。

「ロビーで待っているはずの君が、どうしてあんなところにいたのか。それに君を探していた時に君の義理の母親と妹を見かけた。……そう言えば、お母さんのティーカップが割れたのも実家に帰った時だったな。もしかして、その指輪を水の中に投げ捨てたのも彼女たちの仕業か」

綺麗な瞳に、どこか確信めいた光が灯る。

旦那様の鋭い指摘に、私は返す言葉を失った。

(どうしよう。何て答えればいいんだろう)

確かに義母や玲子のやったことは許せないが、彼女たちが南条家の人間であることに変わりはない。

もし本当のことを旦那様に告げれば、父にだってお咎めがあるかもしれない。

(会社を立て直すためにひとりで頑張っているお父さんに、これ以上心配は掛けられない)

そんな気持ちが、旦那様に本当のことを言うことを躊躇わせる。

しばらく沈黙が続き、やがて旦那様がふっと短い息を漏らした。

「俺は君にとって、そんなに頼りない夫なのか」

「えっ」

「もっと……俺を頼ってくれ」

旦那様はそう絞り出すように言うと、何かを決心したように私を正面から見つめる。

思いもよらない真剣な表情に、ハッと胸を衝かれた。

「花純と一緒にいると心が穏やかになる。毎朝食卓に置かれる花一輪、香りのいいお茶一杯に芯から癒される。花純が側にいるだけで、力が湧いてくる」

「旦那様……」

「だから俺も花純を守る。花純が抱えているものがあるなら、俺も一緒に背負ってやる。……もうひとりで我慢するな」

そう低く呟いた旦那様の指先が、ゆっくりとこちらに伸ばされた。

やがて私の頬に辿りつくと、確かめるように肌を彷徨う。

長い指先が頬から瞼、髪の生え際を優しく辿った後、愛おしげに両頬を包み込む。

私は瞬きもできず、旦那様の顔を見つめる。

曇りひとつなく磨き上げられた硝子窓の向こう側で、色とりどりの宝石たちが音もなく瞬いている。

無数の煌めきに見守られ、旦那様と私はただ見つめ合う。

「俺は花純と本物の夫婦になりたい。本物の……君の夫になりたいと思っている」

「旦那様」

「花純……俺を受け入れてくれ。俺は……君を愛している」

低く柔らかな旦那様の声が、私の鼓膜を甘く震わせた。

遥か地上を見下ろすふたりだけの部屋で、切なさに満ちた彼の黒い瞳が、ただ私だけを映し出している。

（嘘。そんなこと信じられない……）

突然の告白に、胸が、身体全体が苦しいほど締め付けられる。

あのお見合いの日、旦那様は私に愛を求めるなと言ったのだ。

政略結婚の代償は、お金と飾り物の妻の座だと。

その約束をまっとうしようとしたから、私はこの部屋のテラスで、初めて旦那様と出会った日のことを心の奥深くに押し込めた。

「嘘……嘘です。そんなこと……信じられない」

「花純」

「生涯誰のことも愛さないと言ったではありませんか。愛なんてもっての外だと、旦那様が自分で……」

泣きながら訴える言葉は、最後まで紡げなかった。

業を煮やしたように後頭部に手を添えた旦那様が、私を引き寄せ唇を重ねたからだ。

唇の表面をなぞるように、優しく啄《ついば》むように。

旦那様の唇が何度も、何度も触れる。

涙と吐息で、ふたりを取り巻く湿度が、一気に上がった気がした。

「花純」

ほんのすぐ近くで、黒く濡れた瞳が流れ星のように煌めく。

「君が好きだ」


唇を重ねたまま、旦那様の手が身体を締め付けている紐を解いていく。

ぱらりと二重太鼓に結ばれた帯が解け、私を立ち上がらせた旦那様が身体から帯を取り去った。

「あっ……」

驚いて床に落ちた帯を手に取ろうとすると、遮るように強引に深く合わせられた唇が、互いの息づかいすら閉じ込める。

唇ごと、まるで食べられるように貪られ、自分ひとりでは立っていられなくなった。

「ふっ……んっ……」

うっすらと開いた唇から柔らかで熱い舌が入り込む。

もっとずっと奥を深く味わうように絡み付き、私の自由を奪っていく。

旦那様のお母さんからお借りした大切な帯や着物が、するりと私の身体から離れて、次々に床に脱ぎ散らかされていく。

「着物が……待って、旦那様……」

「待たない。……もうずいぶん待っただろう？」

「でも、あ……」

唇が離れた隙に紡いだわずかな言葉も、旦那様の体温の中で熱い吐息に変わった。

初めて経験する濃密な交わりに、頭の芯がとろとろと溶けだしていく。

蜜のように蕩けて、その甘さに溺れていく。

何もかも脱ぎ散らかしていつの間にか下着だけになった私を、旦那様が横抱きにした。

そしてもどかしげにリビングから寝室に移動すると、大きなベッドにそっと横たえる。

寝室の大きな窓の外には、都心のゴージャスな夜景が煌めいている。

けれどすぐに逞しい身体が私に覆いかぶさり、視界には彼しか映らなくなった。

旦那様はキスをしながらバスローブを脱ぎ捨てると、私の肌を覆っていた最後の一枚をそっと取り払う。

絡めた指がベッドに沈み、生まれたままの肌と肌が触れ合った。

「花純……」

愛おしげに名前を呼ばれ、溢れ出す感情が私を急き立てる。

背中に回した手にギュッと力を込めると、呼応するようにキスが激しくなった。

唇から頬、首筋から胸へとキスの雨を降らせながら、旦那様の優しい指先がその後を辿る。甘く肌を吸っては噛んで、私の知らない身体の隅々までを余すことなく暴いていく。

身体の奥から湧き上がる見知らぬ感覚に、ひっきりなしに甘い声が漏れた。

初めての快感が怖くて、溺れる人のようにただ彼の背中にしがみ付く。

「旦那様……旦那様……」

「遥己だ。花純……ちゃんと名前を呼んでくれ」

耳元に、少し息が上がった低い声が落ちてくる。

その甘さに、私はあっけないほど容易く溺れてしまう。

「遥己さん、はるきさ……あっ……んっ……」

もうどこにも触れられていない場所はないくらい、身体の至る所に彼の印が刻み付けられている。

肌が焼けるように熱い。

唇も息も、爪の先までもが燃えて、赤く火を灯していく。

獰猛《どうもう》さを孕んだ遥己さんの身体も、火傷するくらいの熱を隠している。

どくどくと流れる遥己さんの血潮が私に向かって押し寄せ、息もつかせぬ情熱で私を彼方へと攫っていく。

激しい濁流が私の肌の上を滑り、未知の感覚が怖くて、逃れるように身体が無意識に動いた。

するとぎゅっと抱き寄せられ、私の頭が彼の胸へと押し付けられる。

耳が押し当てられた先から、遥己さんの心臓が、力強く鼓動を打つのが伝わってきた。

「花純」

息を荒らげた遥己さんが私を見下ろしている。

少し切なげで、それでいて強引で。息もできないほどに美しい彼から、もう一時も目が離せない。

「苦しくないか。辛かったら言ってくれ」

優しい言葉を吐きながらも、彼の黒い瞳には青白く炎が揺らめいている。

その激しさを、心の底から愛おしいと思った。

「遥己さんの……あなただけのものにして下さい」

彼にならいどうされてもいい。

もっと深く、果てしなく彼を知りたい。

「そんなに煽るな。……優しくしたいのに、いけない奥様だ」

遥己さんはそう呟くと、また深く唇を合わせた。

濃密な交わりと刺激に、頭の中が白く霞んでいく。

彼と触れ合う部分がとろとろに溶けて潤い、蜜で溢れる。

「花純……」

やがて滴るような蜜をかき分け、遥己さんが私の中に流れ込んできた。

大好きな人に愛され、揺さぶられてひとつに溶ける。

「花純……花純」

遥己さんの甘い声が、何度も私を呼んだ。

彼に名を呼ばれることが嬉しくて、また身体の隅々まで潤されていく。

愛され、求められて慈しまれる。
それがこんなに幸せなことだなんて、今まで知らなかった。
薄く目を開けると、切なげに息を切らす遥己さんがいる。
「遥己さん……遥己さん」
触れ合った肌から、途切れることのない拍動が伝わる。
その揺るぎないリズムを身体に感じながら、私は彼の名を呼び続ける。
たとえ私が傷だらけの花嫁でも、いつかその傷すら誇りに思えればいい。
失ったものも負った傷も、私が私である証だから。
短い息を吐きながら、遥己さんの唇がまた私に触れた。
互いの身体をきつく繋いで唇を結び、爆《は》ぜるほどの熱が心と身体を溶かしていく。
「花純……君を愛している」
遥己さんの低い声が耳に落ちた。
切なげに細められた眼差し。
少し紅潮した顔も、零れる熱い吐息も、そのすべてが愛しい。
汗ばんだ身体を抱きしめながら、私は微笑む。
「私も……あなたを愛しています」

たぶん、初めてあなたを見た時から。
そう紡ごうとした言葉は、また彼の熱い唇で溶かされていった。

めでたしめでたしの少し前

心地よい温もりの中で意識が浮遊した。

まぶたに薄いオレンジの光を感じ、私はそっと目を開ける。

視界には天蓋を覆うシフォンのカーテン。

肌触りのいい白いシーツの海に、私は埋もれるように横たわっている。

（あ……もう朝だ）

私の隣では、遥己さんがぐっすり眠っていた。

眩しい朝の光の中で遥己さんは固く瞼を閉じ、形のいい唇は行儀よく引き結ばれている。

まるで絵画のように美しい遥己さんの寝顔に、もう何度も見ているはずなのにしばし見とれてしまう。

（遥己さんの寝顔って、本物の天使みたいだ）

もちろん起きている時の彼も素敵だが、改めて至近距離で見ると、そのきめ細やかな造形の美しさに圧倒される。

人間離れした美貌、とはまさにこのことだろう。

私はドキドキとうるさく騒ぐ胸を宥めながら、彼を起こさないようそっとベッドから抜け出した。

遥己さんとスイートルームで過ごした一夜から、早くも二週間。

あれから私と遥己さんは、こうして毎日一緒に寝室のベッドで眠るようになった。

夫婦なのだから本当は当たり前のことだけど、当たり前じゃない始まり方の私たちにとっては、ちょっと遅れてやってきた新婚生活だ。

(おはようございます。遥己さん)

私は眠っている遥己さんの頬にそっと唇を押し付けると、手早く身繕いを整えて階下のキッチンへと向かう。

「おはようございます。吉岡さん」

「おはようございます、奥様」

キッチンでは、すでに吉岡さんが朝食の準備を終えていた。

私はエプロンを身に着けながら、慌てて吉岡さんの下へ駆け寄る。

「申し訳ありません、起きるのが遅くなってしまって」

恐縮して頭を下げる私に、吉岡さんが苦笑しながら言う。

「奥様、何度も申し上げますが、もう少しゆっくりなさってよろしいのですよ。朝食の準備は吉岡の仕事ですので」

遥己さんとベッドをともにするようになってから、私は朝起きるのが苦手になってしまった。

もちろん毎晩目覚まし時計をセットするのだが、どういうわけかうまく音が鳴らない。

それに、夜眠りにつく時間も今までより遅いので、それに伴って起きるのも遅くなってしまう。

「ごめんなさい。明日はもっと、早く来るようにしますから」

もう一度頭を下げる私に、吉岡さんがにこにこと笑いかける。

「奥様、そんなことより、旦那様と一緒にゆっくり過ごして下さいませ。それも立派な奥様のお仕事ですから」

そう優しく言い残し、満面の笑みを浮かべて食器をダイニングに運ぶ吉岡さんを、ちょっとくすぐったい気持ちで見送った。

スイートルームで初めて結ばれた後、遥己さんと私は毎晩のように寝室のベッドで抱き合っている。

あの夜、ようやく遥已さんの気持ちを知ることができて、もっともっと彼を知りたいと心から思った。

遥已さんも暇さえあれば私を抱きしめて……彼に情熱を注がれて、毎日愛されていると実感できることが嬉しい。

それに私も、もっともっと彼を愛してることを伝えたいと思う。

(こんな幸せ……まるで夢みたい)

愛のない政略結婚で結ばれた私たちがこんなに愛し合えるなんて、本当に神様に感謝せずにはいられない。

でも、少しだけ困っていることもあった。

何故か吉岡さん始め北条家の人たちにも、私たちの関係の変化が伝わっているように感じられるからだ。

もちろん、誰もあけすけに茶化したりはしないけれど、あの日以来、北条家には生温かいお祝いムードが漂っている。

昨日だって何故かお赤飯が炊かれて、従業員一同にまで振る舞われたのだ。

(それって……やっぱり私と遥已さんが思いを通わせたお祝い？　いやいや、いくら何でも恥ずかしいよ……)

遥己さんは至って通常運転だが、私はみんなの前でいったいどんな顔をしていればいいのか。

目下のところ悩みの種は、そういったデリケートな事情だ。

「奥様、今朝のお花はいかがしましょうか」

キッチンの隅で顔を赤くしている私に、吉岡さんが声を掛ける。

その優しい笑顔に、胸が温かくなった。

「今行きます！」

ここへ来てから、食卓のお花を選ぶのは私の役目になった。

選ぶと言っても大げさなことではなく、北条家の庭に咲く季節の花を一輪選んでくるだけだ。

さりげない野草や、落ち葉や木の実を飾ることもあるが、遥己さんはその都度《つど》優しく花々を愛《め》でてくれる。

科学的な根拠で判断をする医師でありながら、哲学的な心理を追求する茶道に精通する遥己さんは、心の深い部分で私のことを認めてくれる。

私を……愛してくれる。

十二月に入ると、俄《にわ》かに周囲が慌ただしくなった。

年明けに控えた家督相続の準備で、遥己さんは毎日多忙を極めている。

初めてのお正月を迎える支度に追われ、私や吉岡さんたちも毎日てんてこ舞いの忙しさだ。

その合間を縫って、今日は鷹司家へ茶道の稽古に訪れていた。

棗さんに稽古を付けてもらい、いつものようにお祖母さんやお祖父さんと一緒に楽しいひとときを過ごす。

ひとしきり談笑した後、私は棗さんに自室へと誘われた。

すでに他家に嫁いでいる棗さんにとっては、独身時代に暮らしていた懐かしい部屋だ。

棗さんは押入れの段ボールから、何冊かのアルバムを取り出してくる。

「わぁ、綺麗なお茶碗。それに、花も軸もとっても素敵ですね」

「初釜は流派の稽古始めだから、お父さんも張り切るみたいね。もっと昔の写真もあるわよ」

年始の初釜に参加することになった私に棗さんが見せてくれているのは、鷹司流の過去の初釜の様子だ。

着物の準備や持っていくものなども教えてもらい、初めての行事に胸が膨らんでいく。

（それにしても、写真がたくさんあるなぁ）

飲み物を持ってくると席を外した棗さんを待ちながら、私は手持ち無沙汰に古いアルバムに手を伸ばした。

古い写真が貼られたページを何気なく捲っていると、見覚えのある顔を見た気がして手が止まる。

（あれっ……この男の子……）

私の目に留まった写真には、幸福《しあわせ》そうな笑顔を浮かべた高校生くらいの男の子と女の子が写っている。

ふたりとも稀に見る美しい顔立ちをしていて、思わず見入ってしまう。

（これ、若い頃の遥己さんだ）

遥己さんはお見合いの時と同じように仙台平《せんだいひら》の袴を身に着けた凛々しい姿だったけれど、今より線が細く、どちらかというと中性的なイメージさえ感じられる。

女の子の方は清楚さの中にも匂い立つような色香を持つ、凄絶な美人だ。

サーモンピンクの色無地に、黒い佐賀錦の帯がよく似合っている。

庭で撮った何の変哲もないスナップだったが、何故だか胸がギュッと締め付けられるような気持ちになって、私は写真を見つめた。

「あ、それ遥己だね」

ちょうど部屋に戻ってきた棗さんが、私の前に湯呑を置きながらアルバムを覗き込んだ。

そして、ちょっと悲しそうな顔をして笑う。

「遥己、この頃はまだよくうちに来ていたの。ちょうどこの後ぐらいに静《しずか》ちゃんが亡くなって、それから寄り付かなくなっちゃった」

「亡くなった……？」

「そう。遥己と一緒に写ってる子ね、静ちゃんって言うんだけど、生まれた時から心臓に病気があってね。この初釜が、遥己と会った最後になったんじゃなかったかな」

棗さんはそう言うと、ふうっとため息をついた。

「静ちゃんはうちの庭を管理して下さっていた人の娘さんでね、うちの敷地の中の家に住んでいて、同い年だった遥己と静ちゃんは幼馴染で、小さい頃からいつも一緒に遊んでた。干菓子の〝二人静〟が好きで、小さい頃はいつもふたりで半分こして」

「……そうだったんですか」

棗さんの言葉に、『やっぱり半分が限界』と言って目を伏せた遥己さんの顔が浮かぶ。

「……花純ちゃん、気を悪くしないで聞いて欲しいんだけど、静ちゃんはたぶん遥己の初恋で、初めての彼女だったと思う」

棗さんはそう言うと、ため息をついて言葉を切った。

そして辛そうな顔をして、私を見つめる。

「ごめんね、こんなこと言って」

「いいえ。この写真を見た時から、何となくそんな気がしていたので、大丈夫です」

私の言葉に、棗さんの顔に少しだけホッとしたような表情が浮かんだ。そしてまた、アルバムに視線を向ける。

「初釜の少し後に静ちゃんが風邪を引いて、それで入院になって。三日後くらいに危ないって連絡が入ったんだけど、遥己は最後まで静ちゃんに会えなかったの」

「そんな……どうしてですか」

「北条のお祖母さんが、ふたりのことをすごく反対していたらしいの。遥己、お葬式にも出られなくて」

言葉を切った棗さんが、アルバムの中のふたりをそっと撫でた。

その優しい仕草に、棗さんのふたりに対する想いを悟る。

静さんも、遥己さんも。

きっと鷹司家の人たちみんなに、愛されていたのだろう。

私が出会うずっと前に大好きな人たちに起こった悲しい出来事を知り、胸が締め付けられるように痛む。

「静さん、すごく綺麗……。それに、優しそう」

いつの間にか涙が溢れていた。

この人との別れが、どんなに遥己さんを傷つけただろう。

「花純ちゃん……」

泣き笑いのような表情で、棗さんがティッシュを渡してくれる。

子供のように泣いてしまったことがバツが悪くて、勢いよくハナをかんだ。

「遥己はそれから人が変わったようになったの。繊細で優しい子だったのに、傲慢で冷たい子になってしまった。それに、うちにも来なくなったの。鷹司家と北条家とのやり取りも途切れてしまって……。あちらのお祖母さんが亡くなって家の繋がりは元に戻ったけれど、遥己だけは寄り付かないままで」

「そんなことがあったんですね」

棗さんは深く頷くと、アルバムを閉じて私を見つめた。

「だから私たち、遥己が父に金継ぎのことを聞いてきた時は本当にびっくりしたの。久しぶりに遥己が歩み寄ってくれたことがすごく嬉しくて……特に祖父母にとっては、この上もない幸福で」

棗さんはそう言うと、そっと私の手を握った。

すらりと長い指は棗を拭くときには美しかったけれど、今はとても優しく温かだ。

「花純ちゃん、遥己のことをよろしくお願いします」

「棗さん……」

「勝手なこと言ってごめんね。でも、花純ちゃんだったら遥己を救いだしてくれる気がする。幸せにしてくれる気がするの」

それからしばらく時を過ごし、私は鷹司家を後にした。

家へ向かう車の中で、私は遥己さんと、静さんのことを考えていた。

小さな頃にお母さんを亡くした遥己さんにとって、静さんはきっと二人静の花のように安らぐ存在だったのだろう。

想い合う遥己さんを残して旅立った静さんも、きっととても辛かったに違いない。

心の中で彼を大切にすることを約束しながら、純粋なふたりの恋を思って私はまたほんの少しだけ泣いた。


「奥様、玄関の花を見て頂けますか！」

普段は外回りの仕事をしてくれている若いお手伝いさんが、玄関ホールからリビングにいる私を呼んだ。

「はーい」と返事をしながら彼女の下へ急ぐと、大きなクリスタルの花器には数え切れないほどの真っ赤な薔薇が瑞々しく生けられている。

「奥様、いかがでしょうか」

「すごく素敵です。情熱的なお花のイメージがすごくよく出ていて、豪華です」

「ありがとうございます！」

まだ高校を出たばかりの彼女は、吉岡さんの遠い親戚だという。

何度か庭の掃除を一緒にするうちに親しく話をするようになり、彼女が最近フラワーアレンジメントを習いはじめたというので玄関のお花を頼んだのだが、さすがは若い感性、想像以上に素敵な出来栄えだ。

「お休みなのに手伝ってくれて本当にありがとう。今夜は仕事を忘れて楽しんで下さいね」

「はい。ありがとうございます！」

今日は十二月二十四日、クリスマス・イブだ。

北条家ではもう何年もクリスマスを祝う習慣はなかったそうだが、今年は遥己さんの提案で、私たちの結婚祝いも兼ねたクリスマスパーティを開くこととなった。

今回のパーティでは、普段うちで働いてくれている人たちがメインのお客様。

私たちの結婚を報告するとともに、いつも北条家を盛り立ててもらっていることへの感謝の気持ちを伝えるための、ごく気楽なホームパーティだ。

でも実際には、いつものように吉岡さんや奈良岡さんの采配でみんなが準備を手伝ってくれている。

『今日くらいはケータリングで済ませたら』と遥己さんがいくら言っても、吉岡さんも他の人たちもうんと言わなかった。

『その代わり、みんなの食べたいものを作る』と宣言した吉岡さんによって事前に全員にアンケートが配られ、その結果を元に今日のメニューが決まったということだ。

「奥様！　オードブルを運ぶのを手伝って下さい！」

吉岡さんに呼ばれて急いでキッチンへ行くと、大皿や細長い塗りのお盆に色とりどりのオードブルが並べられている。

「わぁ！　美味しそう！」

「奥様ご希望の鰯《いわし》のテリーヌもありますよ」

言いながら吉岡さんは、手早く料理の並んだお皿を並べている。

生ハムとチーズのバゲットサンドやレバーペーストのカナッペ、ほうれん草とサーモンのキッシュロレーヌ、そら豆とインゲンのサラダ、玉ねぎのガレットなどなど、数え切れないほどのご馳走が、みんなの手によって次から次へと運ばれていく。

「奥様、そろそろお仕度をなさって下さい。みなさんもお揃いのようですし、もうすぐ旦那様もお戻りになります」

何度かお皿を運んでキッチンに戻ると、吉岡さんにそう言われて背中を押されてしまった。

そしてこっそり内緒話をするように、「旦那様がみんなに自慢したくなるほどお洒落してきて下さい」と耳打ちされる。

恥ずかしさと嬉しさが入り交じった、幸せな気持ちが胸いっぱいに広がった。

「奥様はとても素敵です。ぼっちゃまも……おふたりが幸せになられて、吉岡は本当に嬉しゅうございます」

ここへ来てから、吉岡さんはいつも私を正しい方へ導いてくれた。

時には厳しいこともあったけれど、今思えばそれもみんな私のためだった。

私への優しさだった。

心の底から、深い感謝の気持ちが沸き起こる。

「私、吉岡さんがいなければ今日までここにいられませんでした。本当に……本当にありがとうございます」

そう言って頭を下げると、奇妙に顔を歪めて咳払いした吉岡さんが、眉根を寄せて目頭を押さえた。

そして次の瞬間には、泣き笑いの表情で私の背中を力強く押す。

「奥様、今夜はうんと楽しみましょう！」

涙が溢れてしまいそうになって足早に階段を上ると、私は寝室へと駆け込む。

洋服を着替えるためにクローゼットルームへ足を踏み入れると、いつの間に帰ってきていたのか、遥己さんが身繕いをしている最中だった。

私に気づくと、優しく微笑みながら近づいてハグをしてくれる。

「帰られていたんですね」

「ああ。みんなすごく忙しそうだから、こっそり部屋に戻ってた」

遥己さんはそう言うと、私の腰に手を回したままこめかみにキスを落とす。

そしてしばらく私を見つめた後、「泣いたの？」と優しく言った。

「嬉しくて、幸せで」

「そうか」

「それに、あなたが大好きだなぁと思って」

私の言葉に、遥己さんは少し笑って「幸せな涙ならいい」と呟いた。

その横顔が切なげに見えて、私は彼の頬を両手で包み込む。

「遥己さん」

「何だ」

「遥己さんは幸せですか」

その問いかけに遥己さんは一瞬泣き出しそうな顔をして、ぎゅっと私を抱きしめる。

私の首筋に顔を埋めたまま動かない彼に、もう一度囁いた。

「遥己さんは私と結婚して幸せですか」

「……当たり前だろう」

「じゃあ、どうしてそんな顔するの？」

遥己さんはしばらく黙っていたけれど、やがて顔を埋めたまま、「怖いからかな」と呟いた。

「怖いって、何が」

「花純を失うのが。いつか俺の手からすり抜けて行ってしまったらどうしようって、最近そんなことばかり考える」

遥己さんの言葉に、私は棗さんの部屋で見た若いふたりのスナップを思い出す。

初めて腕の中に抱いた大切な人を失うことは、きっと想像もできないほどの苦しみだったろう。

新芽のように若くて柔らかな心だからこそ、痛みも傷も深かったに違いないのだ。

「この間、棗さんに古い写真を見せてもらったんです。……静さんと遥己さんの写真も、見せてもらいました」

遥己さんがハッと息を吞んだのが分かった。

私を抱く腕の力が強くなり、遥己さんの心のさざ波が伝わってくる。

私は彼の背中を撫でながら、言葉を続けた。

「二人静は、静さんとの思い出だったんですね」

「よく祖母に貰って、庭に隠れてふたりで食べた。……ずっと昔の、子供の頃の話だ」

甘いものが好きじゃない遥己さんは、きっと静さんのためにお祖母さんにお菓子をねだったのだろう。

その指の先ほどの小さなお菓子を、静さんは遥己さんと分け合って食べた。

稚《いとけな》い子供の、稚いからこその純粋さが、私の胸を打つ。

「母が亡くなり、父はその隙間を埋めるために仕事にのめり込んで、ほとんど家へは戻らなかった。祖母は幼い俺を北条の後継者として育て上げることに必死で、家はまるで牢獄で……。そんな時出会った静は初めてできた友人で、愛することの残酷さを思い知らされた相手でもあったな」

遥己さんの声が切なく掠れて、私は思わず彼の身体を抱きしめた。

ほんの少しだけ胸が痛むのは、きっと彼女に対する私の嫉妬のせい。

「私、静さんに約束したんです。遥己さんを大切にします、絶対に守りますって。あの、私が勝手に約束しただけなんですけど……。でも、天国の静さんに安心してもらいたいから」

腰に回った彼の手が背中に動き、身体が撓《しな》るほど強く抱きしめられた。

そして少しだけ強引な彼の唇が、私のそれをふさぐ。

狂おしく奪って愛を伝える、旦那様の甘いキス。

「もう、パーティなんてどうでもいい。花純ともっとキスをして、このままベッドへ……」

そう言ってまたキスをしようとする遥己さんの胸を、笑いながら叩いた。

今日は、みんなをもてなす大切なパーティなのだ。

早く下へ行って、私たちもパーティの準備を手伝わなくてはならない。

キスをしながらお互い服を着替え、手を繋いで階段を下りる。

「遥己さん」

指を絡めて私を引き寄せる最愛の旦那様に、背伸びしてそっと耳へ唇を寄せる。

「私、絶対遥己さんより長生きしますから」

その言葉に、遥己さんはまた甘く優しい微笑みをくれる。

「花純、ありがとう」

鼓膜を震わせた言葉が終わらないうちに、彼の柔らかな唇が私の頬に触れた。

パーティが始まると、誰が招待したのか思いもよらないゲストが次々と北条家に現れた。

まず最初に私を驚かせたのは、実家の父だ。

「お父さん!?」

「遥己君、花純、本日はお招きありがとう」

父はリボンのかかった箱を私に差し出すと、優しい笑顔を浮かべる。

「お父さん、いったいどうして……」

「遥己君に連絡を貰ったんだ。結婚してから花純に会えていないようだから、よかったらクリスマスパーティに来ませんかってね。新婚夫婦のクリスマスを邪魔しちゃいけないとも思ったが、気楽なホームパーティだからと熱心に誘ってもらってね」

父の言葉に、遥己さんは優しく「お越し下さってありがとうございます」と笑う。

「遥己君、娘はちゃんとやっていますか。いや、母親を早くに亡くしているから、何かと行き届かないんじゃないかと心配でね」

「ご心配には及びません。花純の働きぶりは古くから我が家を手伝ってくれている者たちも舌を巻くほどなんです。僕も花純がいてくれると仕事に張りあいが出て、口うるさい親戚たちも結婚してよかったと安心してくれています」

遥己さんはそう言って笑うと、「吉岡の手伝いをしてくるから、花純はお父さんとゆっくりお話ししておいで」と笑顔を残して去ってしまう。

彼の気遣いに感謝しつつ、私と父はテーブルの隅に移動して椅子に座った。

久しぶりに会った父は、心なしか以前よりも溌剌《はつらつ》としているように感じられる。

数ヶ月前までとは違う父の明るい表情に、私の心もホッと温かくなった。

「お父さん、元気そうでよかった」

「お前の方こそ、幸せそうで安心したよ。心配していたが、遥己君はお前を大切にしてくれているんだな」

「遥己さんはすごく優しい旦那様で、私、すごく幸せだよ」

父親相手に平然と惚気《のろけ》て見せる私に、父の目がじんわりと潤む。

そして私の手を取り、ぎゅっと握りしめた。

「花純、お前には苦労を掛けて本当にすまなかったと思っている。こんなことになってしまったのは、すべて不甲斐ないお父さんの責任だ」

「そんなことない。私、お父さんとお母さんと一緒に暮らせて本当に幸せだった。あの時の思い出があったから、今まで生きてこれたんだよ」

「花純……」

涙を拭いながら、父は何度も私に頭を下げている。

父の人生もまた、私と同じように母を亡くしたことによって大きく変わってしまったのだと、改めて思った。

「私、お母さんがいなくなってずっと悲しかった。でも、最近思うの。私が元気で幸せにならなきゃ、天国のお母さんが悲しむんじゃないかって。だって大切な人が泣いてばかりいたら、私なら心配で堪らないもん。だからお父さんも、もっと自分の人生を大切にしてね。その方が天国のお母さんもきっと喜ぶと思う」

「花純……ありがとう。お父さんも頑張るよ。会社も、北条家の融資のお蔭でずいぶん上向きになってきている。『ｆｉｏｒｉ』の再販もようやく目途がついた。この勢いできっとまた全国、いや世界中に『ＮＡＮＪＯＵ』の食器を流通させてみせるよ」

母が好きだった『ｆｉｏｒｉ』シリーズが復活すると知り、私の心も華やいでいく。

「お父さん、本当によかったね」

「ああ。これも花純と遥己くんのお蔭だ」

お父さんはそう穏やかな笑みを浮かべると、私の手の中にある包みに視線を向ける。

「花純、その箱を開けてごらん。私からの心ばかりの結婚のお祝いだ」

父に促されて包装を解くと、中から二客のティーカップが現れた。

美しい曲線に縁どられたティーカップは、綺麗に出すのが難しいと言われている水色と金の彩色が特徴的な美しいデザインだ。

「お父さん、これ……」

「古い職人たちがお前たちのために知恵を出し合って作ってくれたオリジナルだ。美しいだろう？　これを見た時、うちの職人たちの技術はまだまだ世界に通用すると確信した。これからは少し攻めていこうと思う。花純、まだまだ『ＮＡＮＪＯＵ』は終わらないぞ」

「うん。きっと『ＮＡＮＪＯＵ』のみんななら大丈夫。応援してるよ。私も、天国のお母さんも」

父は私の言葉に力強く頷くと、「お前もそろそろみなさんのお相手に戻りなさい」と私を促した。

「また後でゆっくりね」と言い残し、私は遥己さんの下へ駆け寄る。

長い長いトンネルを抜けて新しい世界の扉が開いていくような希望が、私の中に溢れていた。

(お母さん、それに遥己さんのお母さん。ずっと見守っていて下さい)

心の中から、何にも負けない強い力が広がっていくのを感じた。


遥己さんの隣に戻ると、目の前に西園寺の大奥様が座っているのが目に入った。

大奥様の隣には、いつも彼女に寄り添っている西園寺本家の奥様の姿もある。

「こんばんは! いらっしゃっていたのですね。ご挨拶が遅れて申し訳ありません」

「花純さん、こんばんは。お邪魔していますよ」

大奥様は私に向かってそう答えると、遥己さんと目配せしながら悪戯っぽく笑う。

「実は今日、大奥様の診察があってね。その時に今夜の予定を聞かれたんだ」

「新婚一年目のクリスマスはどう過ごすつもり? と聞いたら、みんなでホームパーティをするって言うじゃない。どうして私はお招き頂けないのかって、遥己さんに詰め寄ったの」

「家の者だけの小さな集まりで正式なものじゃないと説明したんだけど、それでも是非にっておっしゃって」

遥己さんと大奥様がそう言って笑い合うと、側で聞いていた奥様が申し訳なさそうに言う。

「ごめんなさいね。母は昔から遥己さんがお気に入りで、先日、顔見世で診て頂いてからはさらに輪が掛かってしまって。……でも、花純さんと結婚してからの遥己さんは昔に戻ったみたいで、私も本当に嬉しいわ。花純さん、これからもよろしくお願いしますね」

「こちらこそ、よろしくお願いします！」

嬉しくて、奥様に向かって勢いよく頭を下げてしまう。

すると奥様は、優しく私を見つめながらしみじみと言った。

「本当に……花純さんはお母さんにそっくりね」

「えっ、母をご存じなんですか」

「ええ。昔、同じ先生の下でお茶のお稽古をしていたの。私の方が年上だったけれど、私たちとても仲良しだった。……亡くなった時は、とても悲しくて」

奥様は呟くと、遠い記憶を辿るように視線を彷徨わせる。

「だから数年前、久しぶりに招かれた茶会であなたを見かけた時はとても嬉しかった。お母さんによく似た大きな目と溌剌とした立ち振る舞いが眩しくて、懐かしかった。

母に遥己さんに誰かいいお嬢さんはいないかと相談された時、真っ先にあなたのことが思い浮かんだのよ。『普通のお嬢さんじゃだめ。強くて優しい、素直なお嬢さんがいい』と母が言って、聞かなかったから」

そう言った奥様の目に涙が浮かび、私の目にもまた涙が溢れる。

遥己さんはポケットから清潔なハンカチを取り出して奥様に渡すと、私の涙を指で拭った。

「あらあら、ごちそう様。……みんな、今日は湿っぽいのはだめよ。みんなで楽しく過ごしましょう。あら、吉岡さんがいる。私たち、少し失礼しますよ」

大奥様はそう言うと、奥様を伴って吉岡さんの方へ行ってしまう。

遥己さんとふたり残され、私はまだ涙の残る顔で彼を見つめた。

「私たち、みんなに巡りあわせてもらったんですね」

「ああ。これから、みんなに恩返ししなきゃな。……鷹司家のみんなは恒例のクリスマス茶会で今日は欠席だから、年明けの初釜には俺も一緒に出席するよ。落ち着いたら、お母さんたちの墓参りにも行こう」

遥己さんはそう言った後、ちょっと不安気に私の顔を覗き込む。

「……静の墓参りにも、一緒に行ってくれるか。ずっと、そのままだったから」

遥己さんはそう呟くと、躊躇いがちに目を伏せた。

大切な人とお別れもできないままに過ごした日々は、どんなに辛く寂しいものだったろう。

若葉のような写真の中のふたりを思い出し、この痛みを忘れないよう、胸に深く刻み付けた。

「遥己さんがいいなら、私もお参りしたいです。あの……ご挨拶したいです」

「ありがとう。……花純、あの見合いに君が来てくれて、本当によかった」

「私も……本当に感謝しています」

ふたりそっと指先を絡ませ、瞳で『愛している』と合図し合う。

互いの指先から、温かな気持ちが流れ込む。

(これからずっと、この手を離さないで生きていこう)

胸を満たす想いにふたり手を握り合っていると、不意にリビングに誰かが走り込んできた。

見るとさっき花を生けてくれた若いお手伝いさんが、慌てた顔をしてきょろきょろと周囲を見渡している。

どうしたんだろうと思って声を掛けると、眉間に皺を寄せた彼女が声をひそめた。

「奥様、あの……奥様にお客様がいらっしゃっています。今は来客中だからと一度はお断りしたんですが、ご家族だからとおっしゃって」

「えっ……」

「あの、もう……あちらに」

イヤな予感に振り向くと、リビングの入り口に義母と玲子が立っているのが目に入る。

突然現れた招かれざる客に、心臓がびくんと大きく震えた。

「花純さん、ごきげんよう」

義母は悠然とした態度で私に近寄ると、大げさに眉を顰める。

「花純さんったら、ちゃんと連絡はしてもらわないと困るわ。こんなパーティがあるなら、これからは事前に知らせてちょうだい」

「そうよ。こんなに急に言われても、次からはもう来ないから」

義母と玲子は一方的にまくし立てると、隣にいた遥己さんに極上の微笑みを向ける。

「遥己さん、今日はお招きありがとうございます。夫も娘も不調法で……ご迷惑をお掛けして本当にごめんなさいね」

「遥己さん、こんばんは。お姉さん、さぞかしご迷惑をお掛けしているのでしょう?

このままじゃ、きっと北条家が大変なことになるわ」

玲子は遥己さんの腕を掴むと、馴れ馴れしい態度で距離を詰める。

遥己さんは無表情のまま玲子の腕を振り払うと、氷のように冷たい、軽蔑し切った眼差しを彼女に投げつけた。

漆黒の瞳は黒々と冴え、不審の色に満ちている。

想像もできない凄絶な拒絶に、さすがの玲子も顔色を失って彼から離れた。

(きっとこの顔が、悪い噂の元凶になったんだ……)

思いを寄せる相手からこんな眼差しを向けられたら、きっと誰でももう二度と会いたくないと思ってしまうだろう。

遥己さんは玲子が掴んだ袖の辺りをさっと払うと、冷たい微笑を浮かべて義母を見やった。

「困ったな。おふたりはお招きしていないはずなんですが」

「私は花純の母親、娘は妹ですよ!? こんな仕打ち、あまりにも失礼じゃないですか」

カッと頭に血が上った義母が大きな声を出すと、周りにいた人たちが驚いたように会話を止める。

遥己さんは小さなため息をつくと、不敵な笑みを浮かべながら義母と玲子を見下ろした。

「これはこれは……失礼致しました。それでは、どうぞご自由に。でも、あなた方は僕たちの客ではありません。お食事が済まれたら、早々にお帰り下さい」

遥己さんはそう言うと、私の手を引いて彼女たちに背中を向ける。

義母と玲子の怒りの視線が、背中に痛いくらいに突き刺さった。

それからしばらくの間は、穏やかで平和な時間が過ぎた。

けれどそろそろ宴もお開きという時間になった頃、義母と玲子がこそこそとリビングから出ていくのに気づく。

(あのふたり、どこへ行くんだろう)

北条家のリビングは、ダイニング、サンルームへと続く引き戸を全開にすることでかなり広いひと続きの空間になる。

トイレも来客用の大きなものがリビングから直接行けるよう設置されているので、

パーティの間に来客が部屋の外に出る必要はない。

不審に思って後を追うと、義母と玲子は玄関ホールのエントランスから二階に続く階段を上っているところだった。

二階にあるのは私たちの寝室や客室などプライベートな空間で、来客が勝手に歩き回るような場所ではない。

（あのふたり、いったいどういうつもりなの）

波立つ心を抑えて階段を上り、少し隙間の空いた寝室のドアを開ける。

そっと中に入ると、クローゼットルームの方からふたりの話し声が聞こえてきた。

「お母さん、見て！　この時計、最高級の限定モデルだわ！」

「玲子、遥己さんのものはだめよ。花純のものだけにしなさい」

こそこそと品物を物色するふたりの様子に、身体の底から怒りが込み上げてくる。

（また私の物を勝手に持ち出そうとしているんだわ）

私は寝室に駆け込んでクローゼットルームの入り口に立つと、ふたりに向かって強い視線を向けた。

「お義母さん……玲子も。こんなところでいったい何をしているんですか」

私の声に、ハッとしたふたりが同時に振り返った。

けれど次の瞬間には、すぐに不敵な表情を浮かべて私を睨み付ける。

心の底から私を馬鹿にしているのだと、肌で感じた。

「ちょっと見せてもらってただけじゃない。お姉さん、そんなに怒ることないでしょ」

「そうよ、花純さん。そんなに怖い顔をしないでちょうだい。母親が娘の部屋を見るのが、そんなにいけないことなの？」

鼻白んだように言葉を投げつける義母に、心の中で何かが弾け飛んだ。

激しい怒りの感情が、血管を伝って全身に広がっていく。

(この人たちだ。この人たちが私の何もかもを奪って、粉々にしていったんだ)

考えるより先に、身体が動いていた。

私はつかつかとクローゼットルームの中に入ると、玲子の手から美しいビーズ刺繍のバッグを取り上げた。

今月、鷹司家のお祖母さんから貰ったばかりのクリスマスプレゼントを、簡単に玲子に奪われるわけにはいかない。

もうこれ以上、何ひとつ彼女たちには渡すつもりはない。

「何するのっ、離してよ！」

「返しなさい。これは私のものよ。ここには、あなたのものなんてひとつもないの」

「何ですって。厚かましい。私の縁談を横取りしたくせに」

玲子ともみ合う私に、義母が後ろから掴みかかった。

驚いた拍子に玲子を掴んでいた手の力が緩み、ビーズのバッグを持ったまま玲子が部屋を飛び出していく。

私は玲子を追って、廊下へ走り出た。

そして階段の手前で追いついた彼女の手を掴み、ビーズのバッグを取り戻そうともみ合う。

「その手をお離しっ。薄汚い泥棒猫が!!」

すぐ後ろにいた義母が、私の髪を掴んで強く引いた。

渾身の力で義母の手を振り払い、玲子の方へ手を伸ばす。

するとその瞬間、磨き上げられた廊下に踏み出した私の足が、つるりと滑った。

あっと思った時にはもう、バランスを崩して壁にしたたかに叩きつけられる。

痛い、と思ったと同時に顔を上げると、目の前に信じられない光景が飛び込んできた。

後ろから私を突き飛ばそうと伸ばした義母の手が、勢い余って玲子の方へ向かっていったのだ。

「きゃあぁぁっ」

階段の際に立っていた玲子の身体が、義母の手に押されて人形のように弾かれる。

「危ないっ」

思わず身体が動き、玲子の方へ手を伸ばした。

指先に届いた彼女の腕を強く引き寄せ、反動で私の身体が階段下へと弾き飛ばされる。


——落ちる。

けれど私の身体は、階段から転げ落ちることはなかった。

固い階段に叩きつけられるはずの私の身体が、誰かの力強い腕に背後からすっぽりと包み込まれていたからだ。

「大丈夫だ。花純、どこも怪我はないか」

訳が分からないまま固まっていると、後ろから聞き慣れた低い声が聞こえた。

恐怖からギュッと目を閉じた私の身体を、逞しい腕が抱きしめてくれる。

「あの人たちと花純の姿が見えないから、胸騒ぎがして……間に合って本当によかった」

遥己さんはそう言うと、私を落ち着かせるよう首筋に唇をつけた。

そっと目を開けると、私は階段の途中で後ろ向きのまま遥己さんに抱き抱えられている。

「は、遥己さん……」

「黙って。花純、動くなよ」

遥己さんは片方の手で私の身体を抱き抱え、残りの腕一本で自分と私を支えている状態だ。

まさに間一髪の危ういバランスに、また新たな恐怖が襲ってくる。

「旦那様、奥様……！　大丈夫ですか」

騒ぎに気づいて駆けつけてくれた奈良岡さんに助けられ、私たちはようやく両足で階段の上に立つ。

「花純、大丈夫？」

「はい。……遥己さんは」

「大丈夫だ。……ったく、冗談じゃないな」

恐怖で、まだ足が震えている。

そんな私を支えるよう、遥己さんの逞しい腕が肩を抱いてくれる。

階段下のエントランスホールでは、いつの間に集まったのかお父さんや西園寺家の人たち、それにうちで働く多くの人々が事の成り行きを見守っている。

吉岡さんの隣にはいつの間に来たのか和江さんの姿もあり、心配そうにこちらを見つめる大好きな人たちの顔に、次第に身体の震えが収まっていった。

遥己さんは私の肩に回した腕に力を込めると、険しい表情で義母と玲子に視線を向ける。

「あなた方は自分がいったい何をしたのか、ちゃんと分かっているんだろうな?」

「何のことをおっしゃっているの? 私たちはただ、花純さんに部屋を案内してもらっていただけです」

「そうよ。それで勝手に、お姉さんが転んだんだわ」

口ぐちにでたらめを言うふたりに、私の心は怒りに震える。

もうこれ以上、彼女たちの好きにはさせない。

遥己さんや吉岡さんや奈良岡さんや……大切なみんなと過ごすこの場所を、この人たちに汚させたりはしないのだ。

「お義母さんと玲子が勝手に部屋に入って、クローゼットから私のものを持ち出そうとしたんです」

お腹の底から発した大きな私の声に、玲子が食って掛かるように反論する。

「嘘よ。お姉さんはすぐに嘘をつくの。だから遥己さん、お姉さんとは別れて、私と結婚して下さい。もともとこの縁談は、私に来たものだったんです」

玲子は懇願するように遥己さんに言い放つと、媚びるような視線を向けた。

その合間にちらりと向けられた悪意に満ちた視線に、じくじくと哀しみが広がっていく。

(もうたくさんだ。いつまでこんなことを続けなくてはならないの?)

「違います。遥己さんの相手はあなたではないの。この縁談は、最初から花純さんと遥己さんのために組まれたものですもの」

突然階下から聴こえた声に、義母と玲子がハッと身体の動きを止めた。

そして声の主を確認し、顔色を変える。

「西園寺の奥様……」

「南条さん。あなたにこの縁談をお持ちした時、私ははっきりお伝えしたはずですよ。お相手は南条花純さん。南条家の血を引く直系のお嬢さんだと」

「そ、それは……存じ上げております」

「それなのにあなたは勝手にご自分のお嬢さんの釣書を送りつけて、またすぐに花純さんの釣書と入れ替えろなどと言って……挙句の果てには融資を交換条件にするなどと、間に入った私がどんなに恥をかいたか、あなたには分からないでしょうね」

そう言い放つと、西園寺の奥様は強い視線を義母たちに向けた。

普段は穏やかな西園寺の奥様の、あまりの迫力に思わず足が竦んでしまう。

隣に視線を向けると、遥己さんはどこか笑いを堪える表情だ。

周囲で起こる思いもよらない出来事に、私はただただ目を丸くするしかない。

「で、でも……は、遥己さんはどうなんですかっ。本当にお姉さんみたいな人が相手でいいんですかっ」

なおも食い下がる玲子に、遥己さんが真っ直ぐな視線を向けた。

少しの曇りもない、強い瞳だった。

「俺が愛しているのは花純だけだ。花純のためなら、俺はどんな代償も厭わない。しかしあなた方が遊ぶ金は、もう一円だって払うつもりはない。……失礼ですが、南条の奥様。融資に伴って『ＮＡＮＪＯＵ』に派遣した我が社の経理コンサルタントが、少々興味深い報告を上げてきましてね。内容の分からない高額の経費があまりにも多すぎる、そのすべての伝票にあなたのサインが入っていると言っています。事情は社長にもお伺いしますが、あなたには早々にその全額を返却して頂くことになるでしょう」

遥己さんの言葉に、義母の顔から血の気が引いた。

けれど隣でワッと泣き出した玲子に気づくと、キッと眉毛を釣り上げて遥己さんを睨み付ける。

「遥己さん、いくらあなたでも、変な言いがかりは許しませんよ。誰に向かって口を利いているの。私は花純の母親、ひいてはあなたの母親ですよ！」

「母親？……本当に、都合のいいことばかりぺらぺら口走る親子だな」

遥己さんは吐き捨てるように言うと、私を抱く手に力を込める。

「母親を失った幼い子供を労ることも愛することもせず、大切なものを取り上げて痛めつける。挙句の果てに自分たちの欲のために金で売る……。そんな母親なら、いっそいない方がいい」

「何ですって！」

逆上した義母が遥己さんと私に向かって拳を振り上げた。

嫌悪と憎しみがない交ぜになった義母のこの顔に、私は幾度胸を抉《えぐ》られただろう。

でも今はもう、こんな悪意に負けたりしない。

もう私は、ひとりじゃないから。

「薫子、そこまでだ。もう止めなさい」

いつの間にか階段を上ってきていた父が、義母の側に近寄った。

そして呆然と立ち尽くす義母の手を取ると、穏やかな声で言う。

「帰ろう。これ以上、北条家に迷惑は掛けられない」

「だって、あなた。それじゃ、玲子はどうなるんですか。玲子だって、南条家の娘じゃありませんか」

父の腕に縋りつくように、義母が泣き声を上げる。

「花純さんだけ幸せになるなんて、そんなのずるいじゃありませんか。玲子にだって、花純さんに引けを取らない、立派な縁談を持ってきて下さいな」

「薫子、まだ分からないのか。花純の幸せは花純自身が掴んだものだ。君や玲子の嫌がらせに負けずに、濁りのない誠意や優しさで生きてきた花純自身がね」

「何ですって。あなた、花純さんの味方をするんですか。そんなことをして、ただで済むと思ってるの」

父の言葉に、義母が怒りを露にした。

いつまで経っても平行線なふたりの会話に、父の眼差しが哀しみで曇る。

「薫子、これ以上はもう無理だ。帰ろう。……花純、遥己君、騒ぎを起こしてすまなかった」

そう言うと、父は不貞腐れた表情の義母と玲子を連れて階段を下りていく。

その後姿を、やり切れない切なさを感じながら見送った。

「花純」

いつの間にか繋がれていた手に、ぎゅっと強い力が込められた。

「俺が一生守る。だから、泣かないでくれ」

彼の広い肩に顔を預けると、身体ごと強く抱いてくれる。

その温もりに、私はただ目を閉じ、身を委ねた。

エピローグ

楽しかった宴もお開きになり、最後に吉岡さんと奈良岡さんを見送ると、広い屋敷はしんと静かになった。

「さて、これからどうする？」

がらんとしたリビングを見渡し、遥己さんが私の顔を覗き込む。

遥己さんの提案で、明日は北条邸で働く人たち全員が休暇を取る予定だ。

もちろん吉岡さんと奈良岡さんも例外ではなく、これから月曜日の朝まで、この家は私と遥己さんのふたりきりだ。

「お料理だけ片付けて、今日はもう寝室へ行っちゃいましょうか」

「ああ、そうしよう」

散らかったリビングやキッチンはそのままに、私たちは入浴を済ませて寝室のベッドに寝転がる。

色々なことがあったパーティだった。

大切にしたい人たちの温かな想いに触れ、今は新しい世界の扉が開いたような気分だ。

初めて知った色々な真実もあった。

本当に、遥己さんとの縁を与えてくれたすべてに感謝したいと心から思う。

けれど……その中には楽しさだけでは終われない、苦い切なさもある。

「さっき、父から電話がありました。……お義母さんとは、離婚することになるだろうって」

「そうか」

「はい。それで、遥己さんに申し訳なかったと伝えて欲しいと言っていました。楽しい席で醜態を見せてしまったって」

父は長年、義母との関係に苦悩していた。

新しく妻となった義母が、精神的な幸せより物質的に満たされることを望む女性だったからだ。

それでも、父も最初は義母との絆を深めようと努力した。

亡くなった妻の面影を一掃しようとする義母の心に寄り添い、彼女や義理の娘が安心して暮らせるよう気遣いも怠らなかった。

けれど結局父のその配慮は、実ることはなかった。

きっとふたりは、もともとの価値観が違っていたのだろう。

好きなことも、大切なものも、生きることの目的すらも違うふたりが一緒にいることは難しい。

ましてや夫婦となれば、なおさらだ。

父は亡くなった母に想いを残したまま再婚した自分にも責任があると、この不自然な状態を続けていたそうだ。

でも私の結婚によって、均衡が破られてしまった。

義母によって不自然に捻じ曲げられてしまった私たちの政略結婚が、結果的に父と義母を破たんさせることになるなんて、運命は本当に皮肉だ。

躊躇いがちにことの顛末を口にした父には、どこかすっきりした風情が感じられた。

父も、私も、義母も。

これまで絡み合っていた糸を解いて、新しく旅立つ時が来たのだと思う。

「お父さんにとっても、いつか向き合わなきゃいけない問題だったんだろう。……よかったな」

「でも、まさかあんな場所で……南条家としては、あまりにも体裁が悪いです」

「花純が体裁を気にするなんて知らなかったな。あんなに大声を出して、掴み合いの喧嘩をしていたくせに」

遥己さんに澄ました顔で言われ、顔にカッと血が上る。

あの時は、ただ必死で……大切なものを、これ以上奪われたくないと思ったのだ。

「すごかったぞ。『返してっ』とか『これは私のものだからっ』とか」

「そんなの、ただの欲張りみたいじゃないですか」

「俺は嬉しかったけどな。花純が、ちゃんと自分の意志で戦ってるみたいで」

遥己さんはそう言うと、優しい眼差しで私を見つめる。

「これからは、自分の心が叫ぶ通りに生きていけばいい。俺はいつだって、花純の味方でいるから」

「遥己さんは……私のことを信じていて下さいね。私、絶対に遥己さんをひとりにしません。ずっと一緒に、おじいちゃんとおばあちゃんになっても、絶対一緒にいますから」

私の言葉に、遥己さんの黒い瞳が柔らかく潤んだ。

とろりと光った眼差しが私を捉え、甘いキスが落ちてくる。

ひとしきり求め合い、互いを味わって、夜の闇に堕ちていく。が……。

「遥己さん、あの、実は……パーティの片付け、私たちでやるって言っちゃったんです」

「えっ、掃除も皿洗いも、全部か」

「あの、みんなが片付けて帰るって聞かなくて、それでつい、『遥己さんと片付けるから』って」

パーティでは私たちが用意した料理以外にも、それぞれが持ち寄ってくれた料理やデザートがたくさん集まり、みんなで美味しいものをお腹がぱんぱんになるまで食べることができた。

けれどそのために使った食器やグラスは膨大で、大きな食器棚の中が空っぽになってしまったほどなのだ。

「あの、なので今日はもう寝ましょう。明日は朝早くから、忙しい一日になりますよ」

私は遥己さんににっこりと笑顔を向けると、ふわりとした羽根布団の中に身体を沈める。

「花純、今日はクリスマス・イブなんだぞ。しかも結婚して初めて迎える特別なイブなんだ。今日くらい、たっぷり花純を味わわせてくれ」

そう言うが早いか、遥己さんの熱い唇が私のそれを攫ってしまう。

「遥己さん、だめです。あっ」

「だめじゃない。……花純、お願いだ。一回だけ、一回だけでいい」

「それじゃ、明日は遥己さんが食器洗い係でもいいですか？　私、手が小さいから大きな食器を洗うのが怖くて……きゃっ」

遥己さんの大きな手が、私の手を搦め捕った。

そしてほんのすぐ近くで、鮮やかな笑顔を私だけに向ける。

「今は食器より、花純のすべてを確かめる」

笑いながら交わすキスが、味わうようなキスへ変わっていく。

彼の指が、唇が、舌が、彼のすべてが私の身体すべてを、味わうように確かめていく。

重なり合った肌が熱くて、吐息も熱くて。

痛いくらいの幸せが、身体を駆け抜けていく。

「花純……君が好きだ」

情熱を滾らせた遥己さんの眼差しが、切なげに私を捉えた。

そのミステリアスな漆黒の瞳が恋しくて、私は彼の唇にまたキスをする。

何度も、何度も。

「そんなに煽るな。今日は……もう知らないぞ」

困ったように細められた眼差しはすぐに猛々しい煌めきを宿し、とめどなく溢れる愛の淵へと私と連れ去ってしまう。

寄せては返す波のように終わりのない熱情に翻弄されながら、私の脳裏にあの日見た彼の憂いに満ちた横顔が思い浮かんだ。

瞬きのようにわずかな、一瞬の出会い。

ただそれだけでどうしようもなく惹かれてしまったのは、きっとまた出会う運命だったから。

彼も同じ想いを抱いていたことを知るのは、ほんのすぐ先のことだ。

「私も、遥己さんが好き。誰よりも……愛してる」

幸せな時間の中で、私は彼の綺麗な瞳の中に捕えられ、そして堕ちていった。

ささやかな永遠を君と

朝、目覚めるとベッドの隣にいるはずの花純がいなかった。

いや、それればかりか、折り重なるように眠っていたはずの子供たちの姿も見えない。

俺はうまく働かない頭をもてあましつつ、億劫に身体を起こす。

昨夜は系列の健康テーマパーク開設記念のパーティに出席し、何だかんだと雑用をこなして帰宅が遅くなった。

花純と三人の子供たちはすでに眠っていたから、そっと起こさないようベッドに潜り込み、俺も彼女たちの温もりに包まれて眠ったはずだった。

なのに目覚めてみれば広いベッドにひとり取り残され、何だか心にぽっかりと穴が空いたような寂しさが駆け抜ける。

(みんなどこへ行ったんだ……)

日曜の朝、時刻はまだ六時を回ったところ。

今日は幼稚園や保育園は休みのはずだし、通常ならまだみんな揃ってベッドで眠っている時間だ。

（何かイベントがあった？　……いいや、俺はそんな予定は聞いていない）

花純と結婚して早くも五年が経った。

その翌年に生まれた長男の嵩己《たかき》は今年四歳、この春で幼稚園の年中になった。

その二年後に生まれた紘己《ひろき》と朋己《ともき》はもうすぐ二歳になる、双子の男の子だ。

花純は元気な三人の育児を生活の中心に、この家の采配や出産後携わるようになった『ＮＡＮＪＯＵ』での業務、それに鷹司流での稽古と、目を瞠るような精力的な毎日を送っている。

もちろん忙しい俺への配慮も忘れず、文字通り一家の太陽のような存在だ。

花純がいてくれることでどこか陰が感じられたこの家にも、毎日明るく清々しい日差しが差し込みはじめた。

それに元気なおチビさんたちが毎日家の中を走り回るお蔭か、吉岡も奈良岡も五年前より確実に若くなっている気がする。

（みんな、いつもより早く目が覚めたのかな……）

手早く身支度を整え、寝室から階下へ降りてみても、キッチンやダイニングには誰の人影も見えない。

いつもなら忙しく朝の支度をしている吉岡や奈良岡の姿まで見えないのだから、これはもう常軌を逸していると言っていい。

胸に言い知れぬ不安が沸き起こり、俺は思わず家を飛び出した。


母屋をぐるりと取り囲む日本庭園を走り抜け、周囲に人を探した。

この時間帯なら、誰かが庭を手入れしてくれているかもしれない。

そう思って周囲を見渡すと、池を挟んで母屋と反対側にある木立に小さな人影が動いているのが見えた。

急いで駆けつけると、今は使っていない古い茶室の周囲で、嵩己が庭を掃いているのが目に入る。

「嵩己!」

「あっ、お父さん」

俺に気づいた嵩己が、竹帚を放り出してこちらに駆け寄ってきた。

ホッとして心が軽くなり、足元に絡み付く我が子を両手で抱き上げ、ゆらゆらと揺らしてやる。

「こんなところで、何をしてるんだ？」

「えっと……今日は『ちゃしつびらき』のお祝いなの。後で俺も、手前をするんだよ」

得意そうな顔をして言う嵩己に困惑していると、茶室の中からそれぞれ紘己と朋己を抱いた吉岡と奈良岡が出てきた。

ふたりの顔にも、どこかうきうきとした嬉しそうな表情が浮かんでいる。

（何なんだ。吉岡と奈良岡まで……）

仔細が分からず、俺の困惑はさらに深まる。

吉岡はそんな俺を気にするそぶりもなく、機嫌のいい紘己をあやしながら俺の側に歩み寄る。

「旦那様、おはようございます」

「吉岡、これはいったい何事なんだ。どうしてみんなでこんなところに……」

「それは奥様にお伺いになって下さいませ。さ、ぼっちゃま方はそろそろ母屋に戻ってお食事にしましょう」

質問に何ひとつ答えない吉岡は、みんなを連れていってしまう。

仕方なく、俺はひとり古い茶室に足を踏み入れた。

この茶室は亡くなった母が嫁いだ折、父が造らせたものだ。

小さいながらも宮大工の手による建物で、つくばいや園庭などすべてが備わっている。

母が亡くなってからは誰にも顧みられることなく放置されていたはずだったが、見ればどこもかしこも綺麗に掃除されて瑞々しさが溢れている。

部屋の中に入ると、雑巾を持った愛しい妻が部屋を掃除しているのが目に入った。

背後にいる俺に気づき、花純がきらきらした笑顔を向けてくれる。

「あっ、遥己さん。おはようございます」

その健やかな表情に、猛烈に愛おしさが込み上げた。

抱きしめてしまいたい衝動を抑えつつ、平静を装って彼女を見つめる。

「何してるんだ、こんなところで」

「あの、今日はこの茶室で茶会をしようと思ってるんです。……あぁ、遥己さんをびっくりさせようと思ってたのに、見つかっちゃった」

花純はふふっと笑うと、満足そうに部屋を見渡す。

「私、この茶室がずっと気になっていたんです。それで、吉岡さんと奈良岡さんに相談して、お掃除や修理を手伝ってもらって。あ、子供たちもお手伝いしてくれたんですよ」

花純はそう言って床の間に視線を移した。

床柱の花釘に掛けられた花入れには、今が盛りの二人静が可憐に生けられている。

遠い記憶が脳裏を過り、ハッと目を瞠る俺の腕に、花純の優しい手がそっと添えられた。

「鷹司のお祖母さんが、嵩己は茶道の素質があるって。手先も器用だし、きっと遥己さんに似たんですね」

「明るくて穏やかなところは、花純にそっくりだろう」

「でも、顔だって遥己さんにそっくりですよ。特に目元が……」

俺の目を見つめる花純の眼差しが柔らかに潤み、フッと浮かんだ扇情的な表情に、我慢できずに抱きしめた。

細く華奢な身体が、抗うことなく腕の中に収まる。

母のこと。静のこと。北条の家に生まれた俺自身のこと。

俺が置き去りにしてきたやるせない思い出を、花純はいつもこうして優しい手で拾い上げてくれる。

傷つかないよう両手でそっと掬《すく》っては、俺の一部として大切にしてくれる。

花純と出会って愛し合って日々を過ごすうちに、俺は毎日失った自分自身を取り戻している気がする。

こんなにもありのままの自分を生き生きと感じるのは、生まれて初めてのことだ。

「花純……ありがとう。君と出会えた俺は、本当に幸せ者だ」

「遥己さん……」

「ずっと側にいてくれ。愛してる。今までも、これからも……」

どちらからともなく唇が重なり、深く、濃く互いを求め合う。

永遠に、決して離れない証が欲しくて、俺は彼女の奥深くまで貪り、絡まり合う。

と──。

「キャ──」

不意に甲高い声が部屋に響き渡った。

見れば茶室の入り口には吉岡に連れられた嵩己が、目を爛々《らんらん》とさせてこちらを見つめている。

無防備に放った愛と熱情が一気に冷め、動揺から勢いよく花純を身体から離した。

「お父さん、お母さんとちゅーしてるっ。ちゅーっ」

「これこれ、ぼっちゃま、お行儀が悪うございますよ。……旦那様、奥様、お食事の支度が整ってございます。そろそろ母屋へお戻り下さい」

人の悪い笑顔を浮かべた吉岡が澄ました顔で行ってしまい、嵩己を連れた俺と花純も、母屋への道を仲良く歩く。

「それにしても嵩己が手前だなんて、すごいな」

「鷹司流でも、今、子供のお稽古が流行っているんですよ。今度、子供茶会をしてもいいなって、伯父さんが言ってました。女の子だともっと手が小さくて、可愛いですよ」

「ふうん。それじゃ、我が家にも女の子に来てもらう？」

「えっ」

片手に嵩己を抱えながら、俺は花純の頬にキスを落とす。

君とのささやかな幸せを、永遠に。

爽やかな五月の風に願いを乗せて、俺は青く澄み渡った空を彼方まで仰ぎ見るのだった。

あとがき

こんにちは。初めまして。有坂芽流と申します。

この度は私の著書をお手に取って頂き、本当にありがとうございます!

今回のお話は、薄幸の令嬢と孤高の御曹司ドクターが繰り広げる、政略結婚ストーリーです。

ヒーローの遥己は、心に傷を持つ美貌の年上旦那様。愛を信じられない訳あり御曹司ですが本当は誰よりも誠実で、ヒロインと出会うことで愛することの尊さを知るようになります。

薄幸のヒロイン、花純はしなやかでひたむきな女の子。逆境の中でも人を思いやる気持ちを忘れず、遥己への恋を通じて自らの力で運命を切り拓いてゆきます。

さて、今回のお話には茶道や着物など、日本の伝統文化的なものをふんだんに織り込みました。そして、物語のキーワードに〝金継ぎ〟というものが登場します。

金継ぎは簡単に言うと割れたり欠けたりしてしまった陶磁器や漆器を漆で繋いでまた使えるようにする技法のことなのですが、日本にはその繋ぎ目を『景色』と呼んで愛おしむ文化があります。

薄幸のヒロイン花純は文字通り満身創痍の身の上ですが、そんな傷すら彼女の魅力にできればいい。そしてヒーローの遥己には、彼女の傷すら愛おしんでもらいたい。

そんな気持ちで物語を綴ってまいりましたが、いかがだったでしょうか。

少しでも楽しんで頂けたなら、とても嬉しく思います。

最後になりましたが、この本が刊行されるまでにご尽力頂いたすべての皆様に感謝申し上げます。

そして何より、いつも見守って下さる読者の皆様に心からの愛と感謝を。

皆様の存在が、私の書く力になっています。本当にありがとうございます！

お元気で、幸福で。

またいつかお目にかかれることを、心から祈っています。

有坂芽流

m a r m a l a d e b u n k o

愛なき結婚のはずが、
独占欲を刻み付けられて…!?

ISBN 978-4-596-70659-1

政略結婚のスパダリ弁護士はママとベビーに揺るぎない猛愛を証明する

―――――――――― 有坂芽流

花菜は、父の急逝で窮地に立たされた法律事務所を救うため、密かに恋をしていた幼馴染みの超エリート弁護士・遼河と政略結婚をする。初めての夜、「君を絶対に離しはしない」と誓う彼に甘くとかされ――。赤ちゃんも授かり、幸せな毎日を送っていたが、遼河には他に最愛の女性がいると聞いてしまう。花菜は心乱されるも、彼の溺愛は決して揺るがなくて!?

甘くてほろ苦い。キュンとする恋♥　マーマレード文庫　定価 本体630円 ＋税

ファンレターの宛先

マーマレード文庫をお買い上げいただきありがとうございます。
この作品を読んでのご意見・ご感想をお聞かせください。

宛先
〒100-0004　東京都千代田区大手町 1-5-1
大手町ファーストスクエア イーストタワー 19 階
株式会社ハーパーコリンズ・ジャパン　マーマレード文庫編集部
有坂芽流先生

マーマレード文庫特製壁紙プレゼント!

読者アンケートにお答えいただいた方全員に、表紙イラストの
特製 PC 用・スマートフォン用壁紙をプレゼントします。

詳細はマーマレード文庫サイトをご覧ください!!
公式サイト
@marmaladebunko
twitter もチェック!

マーマレード文庫

薄幸の令嬢ですが、美貌の天才外科医に
政略婚でひたひたに寵愛されています

2022年10月15日　第1刷発行　定価はカバーに表示してあります

著者　有坂芽流　©MERU ARISAKA 2022
発行人　鈴木幸辰
発行所　株式会社ハーパーコリンズ・ジャパン
東京都千代田区大手町1-5-1
電話　03-6269-2883（営業）
0570-008091（読者サービス係）
印刷・製本　中央精版印刷株式会社

ISBN-978-4-596-75425-7

m a r m a l a d e b u n k o

薄幸の令嬢ですが、美貌の天才外科医に政略婚でひたひたに寵愛されています

marmaladebunko

有坂芽流

マーマレード文庫